Enroscado

Universo dos Livros Editora Ltda.
Rua do Bosque, 1589 – Bloco 2 – Conj. 603/606
CEP 01136-001 – Barra Funda – São Paulo/SP
Telefone/Fax: (11) 3392-3336
www.universodoslivros.com.br
e-mail: editor@universodoslivros.com.br
Siga-nos no Twitter: @univdoslivros

Emma Chase

Enroscado

São Paulo
2014

UNIVERSO DOS LIVROS

Título original: *Twisted*

Diretor editorial: **Luis Matos**
Editora-chefe: **Marcia Batista**
Assistentes editoriais:**Nathália Fernandes, Rafael Duarte e Raíça Augusto**
Tradução: **Angélica Beatriz Halcsik**
Preparação: **Ana Luiza Candido**
Revisão: **Viviane Zeppelini**
Arte e adaptação de capa: **Francine C. Silva e Valdinei Gomes**

Dados Internacionais de Catalogação na Publicação (CIP)
Angélica Ilacqua CRB-8/7057

C436e

Chase, Emma

Enroscado / Emma Chase; tradução de Angélica Beatriz Halcsik. -- São Paulo : Universo dos Livros, 2014.

240 p.

ISBN: 978-85-7930-709-6

Título original: *Twisted*

1. Literatura americana 2. Romance Erótico I. Título II. Halcsik, Angélica Beatriz

14-0240 CDD 813.6

Apaixonar-se é fácil, difícil é continuar apaixonada.

Dedicado a todos aqueles que continuaram apaixonados.

Agradecimentos

À melhor assessora que uma escritora poderia ter, Amy Tannembaum, e à equipe inteira da Agência Jane Rotrosen – não tenho palavras para agradecer por toda a genial orientação e apoio; à minha fantástica editora Micki Nuding e a todos na Gallery Books, incluindo Kristin e Jules por sua empolgação e dedicação. Agradeço à maravilhosa Enn Bocci por saber o que falar no momento certo e por sempre se esforçar. Sou totalmente grata por cada um dos meus amigos da internet e por todos os blogueiros, cujo entusiasmo ajudou tantas pessoas a descobrir e se apaixonar por Drew Evans e Kate Brooks.

Aos meus leitores, por entenderem, curtirem e se divertirem lendo sobre essas personagens do mesmo jeito que eu me senti ao escrever sobre elas.

E agradeço de coração ao meu brilhante marido e às minhas duas lindas crianças – obrigada pela paciência, pelo amor e pelo apoio, e por me darem um motivo para sorrir todos os dias.

Prólogo

Mulheres andam por uma linha tênue.

Puritanas.

Vacas.

Vagabundas.

Bajuladoras.

Definir quem você é para o mundo é um constante ato de equilíbrio. É exaustivo. Mas, para algumas mulheres, há uma saída. Uma desculpa para dizer o que realmente se passa na cabeça delas, algo que faz com que elas perdoem, mesmo sabendo que não deveriam, e realizem todas aquelas fantasias pervertidas – sem ter nenhum arrependimento.

Álcool.

Ele pode te dar coragem para falar safadezas e permitir que você vá embora com o barman.

É o álibi. A matéria de capa bombante.

Não era você mesma. Você estava possuída pelo Captain Morgan e pelo Grey Goose[1].

Infelizmente, meu organismo tolera muito bem o álcool.

É uma droga ser eu.

---

1. Captain Morgan é uma marca famosa de rum e Grey Goose, de vodca. (N. T.)

Durante todos os anos em que ficamos juntos, Billy nunca conseguiu beber mais do que eu. Nem uma vez. Talvez porque eu comecei a beber cedo demais. Talvez eu tenha nascido desse jeito.

De qualquer modo, para que eu fique alta, é preciso beber muito e, caso eu queira ficar bêbada, tenho que encher a cara ainda mais.

É por isso que, antigamente, eu preferia maconha.

Muito mais eficaz.

Isso mesmo, você entendeu certinho. Kate Brooks: maconheira. Eu e o Grateful Dead? Poderíamos ter sido melhores amigos. A coragem que a maconha dá foi o que me fez ser valente o bastante para fazer uma tatuagem.

Mas, infelizmente, aqueles dias já eram. Quando comecei a faculdade de administração, percebi que as consequências de ser pega com uma substância controlada eram muito extremas.

É por isso que agora fico apenas com drogas legais. De preferência, vinho.

Drew e eu bebemos toda noite para espairecer. Uma vez por semana, fazemos algo parecido com um encontro, uma noite especial. Cozinhamos juntos. Drew adora *fajitas*. Bebemos e conversamos e bebemos um pouco mais.

Nesta noite, a gente acabou bebendo um pouco além do normal. Então, apesar de eu não estar literalmente bêbada, meu corpo está soltinho. Relaxado. Igual às minhas inibições.

Consegui prender sua atenção? Excelente.

Senhoras e senhores, abram uma janela, pois vai começar a ficar quente por aqui.

Estamos deitados.

Estou de costas. Drew está entre as minhas pernas.

Na verdade, é o seu rosto que está.

– Adoro sua xoxota.

Gemo e ele reforça suas palavras com ações. Ele ama ações.

Ações molhadas e admiráveis.

– Porra, eu podia viver aqui embaixo.

Ele se recompõe e, antes que você consiga dizer "Me espanque com um chicote", estou puxando seu cabelo e gritando seu nome.

Algum tempo depois, Drew sorri com orgulho e se arrasta pelo meu corpo. Meus membros estão preguiçosos por causa do vinho e, claro, do orgasmo. Ao redor, há um mormaço agradável, uma névoa de torpor, como se estivéssemos em um sonho.

Logo, estamos nos beijando. E o calor se espalha por todo o meu corpo como uma corrente elétrica, me atiçando novamente.

Fazendo com que eu sinta como isso é verdadeiro.

Arranco minha boca da dele e, com o álcool me dando coragem, sussurro:

– Drew... Drew, quero tentar algo.

Isso prende sua atenção.

– O que você quer tentar?

Sua boca desliza sobre meu mamilo.

Sorrio e mordo o lábio.

– Algo novo.

Ele levanta a cabeça. Suas pálpebras estão adoravelmente pesadas.

– Adoro coisa nova.

Rio e o afasto de mim, depois levanto e vou até a cômoda, batendo no criado-mudo no meio do caminho.

– Com licença.

Abro a primeira gaveta e tiro dois pares de algemas. Deloris os comprara para sua despedida de solteira pós-casamento, mas ela já tinha um par.

Nem me pergunte.

Pendurei um deles no meu dedo. Meu andar pomposo e sensual até a cama foi quase arruinado quando tropecei nos meus saltos de dez centímetros, e ri.

Drew ficou ajoelhado. Ele parece estar com fome, como um leão faminto mirando um bife suculento fora de seu alcance.

Ele se movimenta para tirar as algemas de mim, mas eu o afasto.

– De costas, grandão.

Sei o que ele está pensando. Dá quase para ouvir os seus pensamentos, não? *Hmmm... a Kate quer comandar o show? Interessante.*

Ele fica de costas e coloca seus pulsos nas colunas da cabeceira. Viro seus pulsos e tranco as meias-luas.

Clique.

Clique.

Ele impulsiona cada algema para testar, enquanto eu relaxo sobre meus calcanhares ao seu lado, meus olhos atenuam a agitada perfeição nua que Drew Evans é.

Lindo.

– Vai fazer alguma coisa? Ou vai ficar apenas me encarando a noite inteira?

Olho para cima, em sua direção. E seus olhos estão ávidos, me desafiando para chegar com tudo.

Ah, eu consigo fazer isso. Nunca duvide disso.

Levanto o queixo com orgulho e coloco minhas mãos entre suas coxas. Esfrego e massageio suas bolas lentamente. Deslizo minha mão em seu pau já duro, apertando-o fortemente, do jeito que ele gosta, antes de dar algumas arrancadas rápidas.

O peito dele começa a se elevar rapidamente.

Muito interessante.

E antes que você me pergunte, não, nem sempre fui assim. Tão aventureira.

Valente.

Todo meu relacionamento sexual com Billy envolvia dois níveis: timidez e chatice. Indecisão e rotina. E parava por aí. Foi somente depois de conhecer Drew que percebi o quanto eu e Billy estávamos nos prendendo.

No sexo, na vida.

Nas nossas cabeças, sempre seríamos Katie e Billy. Imaturos. Dependentes. Sempre jovens, como naquele filme que fala sobre a fonte da juventude, o *Vivendo na eternidade*.

Aí, Drew Evans apareceu na minha vida e a mulher direta, exigente e, sim, excitada, que cresceu em mim durante uma década, se libertou. Pelo menos na cama.

Na cama dele.

Curvo-me até a cintura, com a bunda no ar e tomo-o com a boca. Ele se contrai com o contato. O álcool deve ter enfraquecido meu reflexo de vômito, porque consegui enfiá-lo até o fundo da minha garganta.

E continuei.

Quatro, cinco, seis vezes. Depois, fitei os olhos dele. Durante o sexo oral? Homens amam contato visual. Não me pergunte o porquê, não tenho ideia.

– Você gosta quando chupo seu pau, Drew?

Ele gosta de conversas safadas também. Na verdade, não tem muita coisa de que o Drew *não* goste.

Seus olhos viram.

– Porra, claro.

Volto ao trabalho, deixando minha língua entrar em ação.

Sua voz está rouca e ofegante.

– Meu Deus, amor, você domina isso muito bem. Você poderia dar aulas.

Isso foi engraçado! Aula de "Introdução ao sexo oral".

Após quase dois anos juntos, sou *expert* em ler a linguagem corporal de Drew. Quando seus lábios começam a levantar e suas mãos se agarram no ar, sei que ele está perto de gozar. Seus grunhidos e gemidos de apreciação quase fazem com que eu abandone o plano.

Mas eu não abandono.

No último segundo, logo antes dele gozar, me afasto e sento. Os olhos de Drew estão fechados bem apertados, esperando pela explosão que não está chegando.

Ele abre os olhos, que estão confusos.

Sorrio, me sentindo no poder.

E malvada.

Bocejo fazendo um drama.

– Sabe, aquele vinho me deixou meio morta. Estou um pouco cansada.

– O q... quê? – ele diz ofegante.

– Acho que preciso parar para tomar fôlego. Você não se importa, né?

Drew resmunga.

– Kate...

Coloco a perna sobre ele, deslizando sua impressionante forte ereção entre minhas pernas. Sento nela, mas não permito que ela escorregue dentro de mim.

– Estou com um pouco de sede também. Vou pegar um copo de água. Quer?

– Isso não é nada engraçado, Kate.

Ahhh, ele está bravo.

Assustador.

Deslizo meu dedo pelo meio de seu peito.

– Quem está rindo?

Ele puxa as algemas, desta vez mais forte. Quando as travas resistem, rio. Quem diria que cutucar um leão com um graveto poderia ser tão divertido?

– Relaxa, Drew. Fique paradinho como um garoto bonzinho e voltarei... – encolho os ombros. – Em algum momento.

Beijo seu nariz rapidamente, pulo da cama e saio do quarto correndo, ouvindo ele me chamar.

Não olhe para mim desse jeito. Só estou provocando um pouquinho. Você sabe que ele merece isso. Não há nenhum mal nisso, né?

Passo pelo corredor até a cozinha, muito orgulhosa. Ao pisar no chão gelado, calafrios começam a subir pelas minhas pernas e por baixo dos braços. Estou com muita sede, então pego um copo do armário e o encho com água gelada.

Tomo um longo gole, parada na pia, fechando os olhos enquanto o líquido gelado alivia minha garganta seca. Uma gota cai no queixo, sobre a clavícula, e escorre pelo meu seio.

Sem avisos, um peito forte se pressiona contra as minhas costas, colidindo em mim. Dou um gritinho e o copo cai e se despedaça na pia.

Não sei como ele conseguiu se soltar, mas as algemas estão balançando em seus pulsos. Mãos ásperas me prendem, me deixando sem saída.

Tremo ao sentir uma respiração quente sedutora roçar no meu ouvido.

– Aquilo não foi legal, Kate. Eu também consigo não ser legal.

Sua voz está baixa – não está brava, mas está firme. Está incrivelmente excitante.

Uma mão agarra e puxa meus cabelos pela nuca, fazendo com que minhas costas se arqueiem e minha pélvis seja pressionada na borda da pia. Ele empurra minha cabeça para o lado e depois começa a me beijar, cravando sua língua na minha boca enquanto me movimento rapidamente para acompanhá-lo.

O beijo é possessivo.

Dominador.

Um pouco depois, ele se empurra, facilmente, dentro de mim e começa um ritmo de batidas, seu abdômen bate contra a minha bunda a cada movimento.

É estimulante.

Posso escutar meus gemidos. O balcão machuca minha barriga, mas não me importo. Só consigo sentir Drew.

Me controlando. Me conduzindo. Me possuindo.

Ele pega minhas mãos e as coloca na frente do meu clitóris. Pressiona meus dedos para baixo, me persuadindo para me agradar.

Homens têm uma queda por masturbação. Percebi, com o tempo, que é um ótimo modo de excitação, como jogar um fósforo num barril de gasolina.

Ele solta minha mão, mas meus dedos continuam se movendo como ele queria. Como se eu fosse uma marionete num fio e Drew fosse o meu condutor. Em seguida, ele se inclina, soltando o calor de seu peito.

O ritmo do impulso diminui. Sinto sua mão deslizar pela minha coluna. Entre nós.

Até a minha bunda.

Ele massageia e esfrega as mãos, depois seus dedos passam em volta dos montes de carne. De um lado para o outro, sobre o buraco hipersensível entre eles.

Fico tensa.

Este é um território novo para nós. Bom, pelo menos para mim. Não tenho dúvida nenhuma de que o Drew, alguma vez na vida, já esteve dentro de todos os orifícios possíveis do corpo feminino.

Mas, para mim, é algo desconhecido. De deixar os cabelos em pé.

Seus dedos fazem diversos passes inofensivos até eu relaxar. Até que a tensão desapareça dos meus ombros e eu esteja novamente distraída pelo prazer intenso que o ritmo de seu quadril provoca.

Em seguida, ele escorrega um dedo dentro de mim.

Não há dor. Não há desconforto. A penetração dupla é bem parecida com um salto de paraquedas. Para realmente curti-la, tem que experimentá-la. Não há palavras que a descrevam.

Mas vou tentar: deliciosa.

De um modo proibido e safado.

Drew coloca e tira seu dedo lentamente, seguindo o mesmo ritmo de seu pau.

E dou gemidos baixos e profundos. Desinibidos. Meus próprios dedos esfregam rapidamente, bem forte, na frente. Logo depois, suspiro enquanto ele me alarga, dando lugar para o segundo dedo que acabou de deslizar dentro de mim.

Os movimentos são feitos sem pressa. Torturantes e provocantes.

Quero abrir a boca e implorar por mais.

Mais fricção, mais calor.

Mais rápido. Mais. *Por favor.*

Drew me força pra frente, gentilmente. Ele me inclina, então meu cabelo encosta no fundo da pia. E depois ele desaparece, sai do meu corpo.

E sofro com essa ausência.

Até que sinto a cabeça de seu pau, molhada com meus fluidos, batendo de um lado para o outro sobre a abertura que seus dedos acabaram de ocupar.

– Drew...

É um gemido perspicaz, metade de prazer, metade de dor.

Bem suplicante.

– Diga que sim, Kate. Deus do céu.... diga sim.

Sua voz está rouca. Áspera.

Desejando.

A mim.

De repente, me sinto poderosa.

Isso é estranho, considerando a posição em que estamos, ainda assim sou eu quem está no controle. Ele também deve estar implorando de joelhos.

Aguardando e esperando pelo meu comando.

Não penso. Não pondero as opções ou contemplo as consequências. Apenas sinto, submersa em uma sensação extasiante.

Relaxo.

E confio.

– Sim...

Bem lentamente, Drew se pressiona mais para dentro de mim. Em algum momento, sinto uma dor, uma queimação de alongamento, então inspiro bruscamente. Ele pausa. Até eu soltar minha respiração. Em seguida, gentilmente, ele continua até que sua pele mais íntima esteja completamente encostada na minha. Aí ele fica completamente parado. Deixando meu corpo se ajustar com a intrusão.

Sinto sua mão deslizar por todo o meu quadril e embaixo da minha coxa, indo até a frente. Sua mão fica por baixo da minha, seus dedos esfregam em um movimento circular. Daquele modo sensual e magnífico que ele fez antes de mergulhar dentro de mim, diversas vezes.

Sempre achei que o sexo anal era um exemplo de dominação, energia, algo talvez até humilhante.

Mas não é o que sinto.

É primordial... inexplorado, mas também bonito. Sagrado.

Como se ele tivesse tirado minha virgindade. E, de algum modo, acredito que foi isso mesmo que ele fez.

Eu me mexo primeiro, empurrando-o.

Dando permissão para Drew, querendo saber, experimentar todas essas sensações novas. Precisando ultrapassar os limites. Com ele.

Isso é mais do que erótico. Vai além da intimidade.

Os lábios de Drew se apertam contra a pele das minhas costas. Beijam e xingam e sussurram meu nome. Agora, é ele quem se mexe.

Dominando novamente. Escorregando para dentro e para fora, de um jeito delicado, porém constante.

É divino.

Minhas mãos apertam as dele no meu clitóris. Minhas pernas tremem e sei que estou próxima. *Tão próxima.* Como se estivesse escalando uma montanha e o pico estivesse a apenas alguns passos de distância.

Nossas respirações estão fortes, estamos ofegando de bocas abertas depois de cada ímpeto do quadril de Drew.

– Sim... sim... sim...

Os orgasmos dos homens são noventa por cento físicos. Para eles, é fácil gozar, não importa onde seus pensamentos estejam. Para as mulheres, é muito mais difícil. Nossos orgasmos costumam depender de nossos estados mentais. Portanto, quando vocês, caras, quiserem nos fazer gozar, não podemos pensar naquela pilha de roupa para lavar ou sobre a quantidade de papéis nos esperando no trabalho.

Isso explica a razão de não ser a mão ou o pau de Drew que provoca isso em mim.

Mas, sim, sua voz.

Com sua testa em meu ombro, ele entoa:

– Ah caramba, ah caramba, ah caramba...

Isso não parece nada com ele.

Ele parece aberto. Exposto.

Vulnerável.

Esse homem enfurecido, que sempre quer estar no controle, mandando em tudo. Que não dá um passo sem avaliar cada ângulo antes, analisando tudo em sua mente brilhante: os prós, os contras, as consequências.

Ele está caindo aos pedaços atrás de mim.

Enquanto ele sussurra uma ladainha de palavras obscenas e preces, fico fora de controle.

Entro em êxtase.

Minha cabeça cai para trás e fecho meus olhos. Estrelas começam a surgir em minha mente enquanto fico tensa e grito, e diversas ondas de prazer estonteantes destroem meu corpo.

Os movimentos de Drew estão irregulares e agitados, mais poderosos e incontroláveis.

Algum tempo depois, ele puxa meu quadril de volta para perto do seu, me segurando, quando um gemido longo e gutural sai de seus lábios.

Momentos mais tarde, recuperamos nossas respirações. Ainda juntos e tremendo por causa de abalos secundários. Suas mãos passam pelos meus braços enquanto ele escorrega para fora de mim.

Ele me vira para vê-lo. Suas mãos acariciam minhas bochechas e ele começa a me beijar.

E é algo tão doce. Gentil e adorável. Um contraste tão diferente dos movimentos desesperados que fizemos um pouco antes.

Não sei o motivo, mas estou cheia de lágrimas nos olhos.

Rapidamente, Drew fica preocupado.

– Está tudo bem? Eu... eu te machuquei?

Sorrio com as lágrimas, já que são lágrimas de felicidade. Porque, de algum modo inexplicável e estranho, nunca tinha me sentido tão próxima dele como me sinto agora.

– Não. Estou ótima. Pode não ser bonzinho comigo quando quiser.

Ele sorri também. Aliviado e satisfeito.

– Anotado.

Drew me pega no colo e me leva até o chuveiro. Ficamos na ducha quente, nos lavando e admirando. Depois, Drew nos enrola em toalhas grossas e aquecidas e me leva até a cama.

Ele nos cobre com o edredom e me abraça bem forte.

Isso faz eu me sentir preciosa.

Ele me deixa desse jeito. Sempre.

Amada.

Adorada.

Se eu fiquei dolorida no outro dia? Um pouco. Mas não foi tão ruim.

Informações demais?

Desculpe. Estava apenas tentando ser prestativa.

De qualquer modo, as dores na manhã seguinte valeram muito a pena, na minha opinião.

Mas aonde quero chegar com tudo isso, você quer saber? Por que estou compartilhando tudo isso?

Porque uma transa boa, uma transa muito, muito boa, não precisa de álcool. E não se trata de compatibilidade ou prática ou até mesmo de estar apaixonada.

Trata-se de confiança.

De baixar a guarda. De ficar nas mãos de outra pessoa e permitir que ela te leve a lugares em que você nunca esteve antes.

Eu confiei no Drew. Com minha mente, meu coração, meu corpo. Confiei no Drew em tudo.

Pelo menos, eu confiava.

Capítulo 1

No Ensino Médio, minha matéria favorita era Biologia. O fato de algumas espécies se transformarem em um ser totalmente novo me deixava fascinada. Por exemplo, os girinos ou as borboletas. Nascem como uma coisa e terminam como algo completamente diferente.

Irreconhecíveis.

As pessoas sempre olham para as borboletas e pensam "Que lindo!". Mas ninguém nunca pensa no que elas tiveram de passar para se tornarem o que são. Quando a lagarta constrói seu casulo, ela não sabe o que está acontecendo. Não entende que está mudando.

Pensa que está morrendo. Que seu mundo está acabando.

A metamorfose é dolorosa. Aterrorizante e desconhecida. Somente depois é que a lagarta percebe que tudo aquilo valeu a pena.

Porque agora ela pode voar.

E é assim que me sinto agora. Sou melhor do que era antes. Mais forte.

Você me achava forte antes?

Te enganei. Um pouco daquilo era apenas enganação. Uma fachada.

Lidar com Drew Evans é parecido com nadar em uma daquelas ondas poderosas da praia. Ele é irresistível. Então, ou você se esforça para acompanhar o ritmo ou ele se joga sobre você e te deixa para trás com o rosto cheio de areia.

Então tive que fingir que era durona.

Mas não preciso mais fingir, porque agora sou uma pedra. Completamente impenetrável.

Pergunte para qualquer um que sobreviveu a um terremoto no meio da noite ou a um incêndio que destruiu tudo o que tinha de valor. Uma devastação inesperada muda uma pessoa.

Lamento quem eu era. E minha vida antiga. Aquela que tinha planejado dividir com Drew para sempre.

Acho que te confundi. Desculpa, vamos começar de novo.

Está vendo aquela mulher ali? No balanço, naquele parquinho vazio?

Aquela sou eu, Kate Brooks.

Mas não a real. Não a Kate da qual você se lembra. Como disse, agora estou diferente.

Você, provavelmente, deve estar se perguntando por que estou aqui em Greenville, Ohio, sozinha.

Tecnicamente falando, não estou sozinha.

Mas falaremos sobre isso mais tarde.

A razão de eu ter voltado para Greenville é simples. Não aguentei ficar em Nova York. Nem mais um dia. Não depois de tudo o que aconteceu.

Drew?

Ele ainda está em Nova York. Provavelmente cuidando de alguma ressaca. Ou talvez ainda esteja bêbado. Quem sabe? Não vamos nos preocupar muito com ele. Ele tem uma stripper atraente para cuidar dele.

Isso mesmo, eu disse stripper. Pelo menos espero que seja uma stripper. Ela poderia ser uma prostituta.

Pensou que Drew e eu fôssemos viver felizes para sempre? Fôssemos ter um final feliz? Entre para o time. Parece que felizes para sempre dura apenas dois anos.

Não precisa verificar o título. Você está no lugar certo. Este ainda é o espetáculo do Drew e da Kate. Só está um pouco distorcido. Bagunçado. Bem-vindo à Oz, Totó. É um lugar ferrado para se estar.

O que é isso? Acha que pareço o Drew? É isso o que a Deloris diz, que ele me infectou com sua obscenidade. Ela chama isso de fala do Drew. Acho que, depois de dois anos juntos, peguei isso.

Então, vejo que você está pensando sobre o que aconteceu. *Você estava tão apaixonada. Vocês eram perfeitos juntos.* Nem me lembre disso.

Melhor ainda, lembre para a stripper.

De qualquer jeito, acredite ou não, o verdadeiro problema não era outra mulher. Não no começo. Drew não mentiu ao me dizer que sempre iria me querer. Ele me quis. Ele ainda me quer.

Ele apenas não *nos* quer.

Não entendeu ainda? É porque não estou contando certinho. Devia começar pelo início. Olha, na semana passada descobri...

Não, espera. Isso também não vai funcionar. Se você quer saber de tudo, tenho que voltar ainda mais.

Nosso final começou há mais ou menos um mês. Vou começar por lá.

Cinco semanas antes

– Bom, caramba, parece que fechamos um negócio!

O cara que está com um chapéu de caubói, assinando uma pilha de papéis, do outro lado da mesa de conferências? Aquele é o senhor Jackson Howard. E a versão mais jovem com chapéu preto, sentado ao lado dele? Aquele é seu filho, Jack Jr.

Fazendeiros. São donos da maior fazenda de gados na América do Norte, e acabaram de adquirir o desenvolvedor mais inovador de GPS do país. Mas você deve estar se perguntando por que dois empresários ricos viriam até o outro lado do país para expandir seu império?

Porque eles querem o melhor. E eu sou a melhor.

Ou será que eu deveria dizer *nós*?

Drew pega o documento final dele:

– Com certeza, Jack. Se eu fosse você, eu começaria a procurar por iates para viagens de negócios. Quando os relatórios de lucro saírem, seu conselheiro fiscal vai querer algo grande para poder detalhar.

Kate e Drew.

A dupla dos sonhos da Evans, Reinhart e Fisher.

John Evans, pai do Drew, realmente sabia o que estava fazendo ao nos colocar juntos. Esse é um fato do qual ele, orgulhosamente, adora nos lembrar.

Dizem que ele sempre soube que eu e Drew seríamos um time imbatível, a não ser que nos matássemos antes. Aparentemente, isso era um risco que John estava disposto a enfrentar. Claro que ele não esperava que terminássemos como estamos atualmente, mas... ele também se vangloria disso. Está começando a perceber a quem o Drew puxou, não é?

Erin entra com os casacos de nossos clientes. Ela faz contato visual com Drew e tamborila seu relógio. Ele acena discretamente.

– O que acha de sairmos para celebrar, beber, cair e levantar?! Quero ver se vocês da cidade conseguem aguentar igual a gente – diz Jackson Howard.

Apesar de ele ter quase setenta anos, tem a energia de um cara de vinte. Também acho que deve ter algumas histórias de rodeios escondidas debaixo da manga.

Abro a boca para aceitar o convite, mas Drew me corta.

– Adoraríamos, Jack, mas infelizmente Kate e eu já tínhamos agendado um compromisso. Tem um carro lá embaixo esperando para levá-los aos melhores estabelecimentos da cidade. Aproveitem. É claro que tudo será por nossa conta.

Eles se levantam e Jack tira seu chapéu para Drew:

– Isso é bem legal da sua parte, filho.

– O prazer é nosso.

Enquanto vamos até a porta, Jack Jr. vira para mim e me entrega seu cartão:

– Foi um prazer trabalhar com você, senhorita Brooks. Na próxima vez que estiver lá na minha cidadezinha, terei o prazer de levá-la para conhecer tudo. Acho que você iria adorar o Texas. Talvez você até decida ficar e criar algumas raízes por lá.

Sim, ele está dando em cima de mim. Talvez você ache isso vulgar. Eu também acharia isso há dois anos. Mas, como Drew me disse naquela época, isso acontece o tempo todo. Empresários são astutos, convencidos. Eles meio que precisam ser.

Essa é uma das razões de este ramo ter a terceira maior taxa de infidelidade, logo depois dos caminhoneiros e dos policiais. As longas horas de trabalho e as viagens constantes fazem com que encontros sejam inevitáveis. Uma conclusão antiga.

Foi assim que eu e Drew começamos, lembra?

Mas Jack Jr. não é como os outros idiotas que fizeram propostas para mim. Ele parece honesto. Gentil. Então, sorrio e estendo a mão para pegar seu cartão, apenas como forma de respeito.

Mas a mão de Drew é mais rápida do que a minha.

– Adoraríamos. Não pegamos muito trabalho no sul, mas na próxima vez que pegarmos, nós vamos aceitar seu convite.

Ele está tentando ser profissional, impassível. Mas sua mandíbula está tensa. Lógico que ele está sorrindo, mas já viu aquele filme, *O senhor dos anéis*? Gollum também sorria.

Logo antes de ele morder a mão daquele cara que estava segurando o seu "precioso".

Drew é territorial e possessivo. Ele é assim, não tem jeito.

Matthew uma vez me contou uma história. Para o primeiro dia de aula na escolinha, a mãe de Drew comprou uma lancheira para ele. Uma do Yoda. No parquinho, Drew não queria largá-la porque era dele e tinha medo de que alguém pudesse quebrá-la. Ou roubá-la. Matthew demorou uma semana para conseguir convencê-lo de que ninguém faria isso, mas que, se fizessem, juntos quebrariam a cara da pessoa.

Em momentos como este, sei exatamente como aquela lancheira se sentiu.

Sorrio gentilmente para Jack Jr. e ele tira o chapéu para mim. Logo depois, eles saem pela porta.

Assim que a porta se fecha depois de eles terem saído, Drew rasga o cartão de John Jr. pela metade:

– Besta.

Empurro seu ombro.

– Pare com isso. Ele foi legal.

Drew, instantaneamente, me olha.

– Você acha que o filho de Luke e Daisy Duke[2] foi legal? Sério? – ele dá um passo para frente.

– Pra falar a verdade, sim.

Ele começa a falar de um jeito arrastado, imitando exageradamente o sotaque do sul.

– Talvez eu devesse comprar umas calças de couro. E um chapéu de caubói – ele para com o sotaque. – Ahhh, ou melhor ainda, vou comprar uma para *você*. Posso ser seu garanhão selvagem e você pode ser a vaqueira insolente que me conduz.

Sabe o que é mais engraçado disso tudo? É que ele não está brincando.

Mexo a cabeça, sorrindo.

– Mudando de assunto, que compromisso misterioso é este que temos? Não tem nada na minha agenda.

Ele abre um grande sorriso.

– Temos um compromisso no aeroporto.

Ele tira duas passagens de avião do bolso do terno.

Primeira classe, para Cabo San Lucas.

Inspiro rapidamente.

– Cabo?

Seus olhos brilham.

– Surpresa.

Durante esses dois últimos anos, tenho viajado mais do que já viajei na minha vida inteira. Vi flores de cerejeira abrindo no Japão, águas cristalinas em Portugal... Todas as coisas que Drew já tinha visto; lugares que ele já tinha visitado.

Lugares que ele queria compartilhar comigo.

Analiso melhor as passagens e franzo as sobrancelhas:

– Drew, este voo sai daqui a três horas. Não terei tempo de arrumar as malas.

Ele tira duas malas do armário.

– Ainda bem que eu já as arrumei.

Coloco meus braços em volta de seu pescoço e aperto.

---

2. Luke e Daisy Duke são personagens de um seriado norte-americano chamado The Dukes of Hazzard (Os Gatões, no Brasil), exibido originalmente de 1979 a 1984, nos EUA. (N. E.)

– Você é o melhor namorado do mundo.

Ele dá um sorriso com uma malícia que me dá vontade de beijá-lo e bater nele ao mesmo tempo.

– Sim, eu sei.

O hotel é espetacular. Tem umas paisagens que eu só tinha visto em cartões postais. Ficamos no último andar, na cobertura. Como Richard Gere, em *Uma linda mulher*, Drew acredita em "apenas o melhor".

Já estava tarde quando chegamos, mas, depois de termos tirado uma soneca no avião, estávamos ligados no 220. Empolgados.

E com fome.

Todas as companhias aéreas estão reduzindo tudo, até mesmo na primeira classe. Os sanduíches são gratuitos, mas isso não quer dizer que são comestíveis.

Enquanto Drew está tomando banho, começo a desfazer as malas. Por que não estamos tomando banho juntos? Não preciso responder isso, né?

Coloco as bagagens na cama e as abro. A maioria dos homens olha para uma mala vazia como se fosse algum tipo de equação de Física, eles podem ficar encarando-a por várias horas, mas ainda assim não tem ideia nenhuma do que deveriam fazer.

Mas não o Drew.

Ele é o senhor Eu-Penso-Em-Tudo.

Ele empacotou todas aquelas coisas que a maioria dos homens nem pensaria em pegar. Tudo o que eu preciso para tornar minha viagem confortável e divertida.

Com exceção da lingerie. Ele não colocou um par na bagagem toda.

E isso não foi um descuido.

Meu namorado guarda um sério rancor de roupas íntimas. Se fosse como ele gostaria, nós dois estaríamos andando como Adão e Eva – sem as folhas de figueira, claro.

Mas ele trouxe o resto das coisas essenciais. Desodorante, creme para barbear, navalha, maquiagem, anticoncepcional, hidratante, a sobra do meu antibiótico para a infecção de ouvido que tive na semana passada, creme para olhos etc.

Vamos parar aqui um pouquinho para um rápido serviço de utilidade pública.

Tenho alguns clientes que trabalham na área farmacêutica. E aquelas empresas têm diversos departamentos cujo único trabalho é escrever.

Você quer saber sobre o que eles escrevem? Sabe aquelas bulas que vêm junto aos medicamentos? Aquelas que listam todos os efeitos colaterais possíveis e o que você deve fazer caso tenha algum deles? Pode causar sono, não dirija maquinários grandes, entre imediatamente em contato com o médico, blá-blá-blá.

A maioria de nós apenas abre a caixinha, pega o remédio e joga a bula fora. A maioria de nós faz isso... mas não deveríamos. Não vou te encher o saco com um sermão. Só preciso falar isso: leia a bula. Você ficará feliz por ter lido.

Mas, agora, voltemos ao México.

Drew sai do banheiro com uma toalha enrolada na cintura, e me esqueço da bagagem. Sabe como alguns homens preferem seios e outros, bundas? Funciona do mesmo jeito para as mulheres. Prefiro antebraços. Tem algo nos antebraços masculinos que é tão... sexy. Masculino, de um jeito bem viril.

Drew tem os melhores que já vi. Fortes e torneados, não são nem muito volumosos, nem muito finos, com a quantidade certa de pelos.

Ele tira a toalha de seu quadril e esfrega nos ombros. Tenho quase certeza de que comecei a babar.

Talvez eu prefira uma bunda.

– É falta de educação ficar encarando, sabia?

Meus olhos se arrastam até os dele. Ele está sorrindo. Dou um passo em sua direção, como um puma se aproximando de sua presa.

– Agora é?

Drew lambe os lábios.

– Com certeza.

Uma gota d'água desliza até o meio de seu tórax.

Tem mais alguém com sede?

– Bom, não quis ser mal educada.

– Claro que não.

No momento em que estou prestes a me abaixar para lamber a gotinha nele, meu estômago ronca. Muito alto.

Grrrrrrr.

Drew ri.

– Acho que tenho que te alimentar antes. Você vai precisar de energia para o que preparei.

Mordo meu lábio, ansiosa.

– Você planejou algo?

– Para você? Sempre.

Ele me vira e me dá um tapinha no traseiro.

– Agora, leve esse delicioso traseiro para o banho para que a gente possa sair. Quanto mais rápido comermos, mais rápido poderemos voltar e transar até o dia amanhecer.

Ele não quis ser tão grosseiro como pareceu.

Sim, você está certa, ele provavelmente quis.

Uma hora depois, fomos jantar. Drew me surpreendeu com um vestido novo: um tomara que caia branco com uma fita transpassada, com uma bainha que se expande na altura do joelho. Meu cabelo está solto e levemente ondulado, do jeito que sei que ele adora.

Não consigo parar de admirar meu namorado. Calça social e uma camisa branca translúcida, com os botões de cima abertos e mangas dobradas pela metade.

Lindo.

Chegamos ao restaurante.

Sempre achei a cultura latina interessante. A música. As pessoas. São intensas. Voláteis.

Apaixonadas.

Todas essas palavras descrevem onde estamos jantando hoje à noite. Está escuro, a única iluminação vem das velas nas mesas e das luzes brilhantes do teto. Um ritmo pulsante vem de uma bandinha de músicos no canto.

Drew pede, em espanhol, uma mesa para duas pessoas.

Sim, ele fala espanhol. E francês. E está estudando japonês. Você achava a voz dele sexy? Confie em mim, se você ainda não o ouviu sussurrar palavras de te deixar corada em uma língua estrangeira, você ainda não sabe o significado da palavra *sexy*.

Seguimos a robusta e morena recepcionista até uma mesa no canto.

Agora, olhe ao redor. Está vendo toda a atenção feminina que o Drew atrai, apenas ao andar pelo ambiente? Os olhares de admiração, os olhos convidativos?

Eu percebi, sempre percebo.

Mas o ponto é: Drew não percebe. Porque ele não está olhando. Para nenhuma delas.

Para os caras que pensam que olhar não pega nada: vocês estão errados. Nós, mulheres, não achamos que vocês estão apenas curtindo a vista. Achamos que estão nos comparando, vendo o que falta em nós. E isso atormenta. Como se tivesse um sisco dentro do nosso olho.

Drew poderia ter escolhido qualquer mulher que ele quisesse: uma modelo em Beverly Hills, alguma herdeira na Park Avenue. No entanto, ele me escolheu. Ele lutou por mim. Então, quando saímos, minha autoestima fica lá em cima.

Pois ele olha apenas para mim.

Sentamos à mesa e damos uma olhada nos cardápios.

– Então, me explica novamente como você conseguiu passar por toda a faculdade sem nunca ter bebido tequila?

Rio, ao lembrar.

– Bom, quando eu estava no Ensino Médio, costumávamos fazer fogueiras, acampar.

Alguma vez já dormiu com uma garrafa de refrigerante de dois litros vazia como travesseiro? Não é legal.

– Teve uma noite em que Billy e os garotos estavam bebendo tequila e Billy engoliu a larva. Aí ele começou a ter alucinações. Naquela época, a gente estava estudando sobre anatomia dos anfíbios na aula de biologia e, como ele estava muito chapado, acabou se convencendo de que era um sapo e que Deloris estava tentando dissecá-lo. Ele sumiu no meio do mato e demorou três horas para encontrarmos, com sua língua na terra. Desde então, não fiquei com muita vontade de experimentar tequila.

Drew mexe a cabeça.

– Isso confirma, novamente, o que sempre soube. Billy Warren é, e sempre foi, um completo idiota de merda.

Estou acostumada aos insultos de Drew contra Billy. Neste caso? Ele não está totalmente errado.

Então, digo para ele:

– Se você não me obrigar a engolir a larva, posso provar uma vez.

Seus olhos brilham iguais aos de uma criança numa loja de bicicletas.

– Sabe o que isso significa?

– O quê?

Ele mexe a sobrancelha.

– Vou poder te ensinar a fazer *body shots.*

Apesar de não acreditar que é necessário estar bêbada para fazer um ótimo sexo, ficar um pouco alta, com certeza, não machuca ninguém.

Drew e eu estamos no elevador voltando para o quarto, um pouco chapados por causa da tequila. Consigo senti-la na língua do Drew, com um gosto amargo e um toque cítrico. Ele me prendeu na parede, minha saia está um pouco levantada em volta do meu quadril, e estamos nos empurrando e nos batendo.

Ainda bem que não tem mais ninguém no elevador. Apesar de que... a esta altura? Não dou a mínima.

Entramos no quarto tropeçando.

Ainda nos acariciando e beijando.

Drew bate a porta e me vira. Em um rápido movimento, ele puxa o vestido do meu corpo, me deixando nua. Sem tirar os saltos.

Me inclino na mesa e me apoio nos cotovelos. Escuto o barulho do zíper e sinto-o deslizando seu pau nos meus... lábios, verificando a umidade, garantindo que eu esteja pronta.

Sempre estou pronta para ele.

– Não provoque – resmungo.

No percurso entre a tequila e o elevador, fiquei realmente excitada. Carente. Ele empurra lentamente, mas até o máximo. E suspiro.

Todo mundo conhece aquele velho ditado de que quanto maior, melhor. Drew é grande, não que eu possa compará-lo a muita coisa, mas ele é duas vezes maior que o Billy.

Não estou deixando os garotos por aí desconfortáveis, né? Uma novidade para vocês: é assim que uma mulher fala. Pelo menos quando vocês não estão por perto para escutar.

De qualquer modo, tamanho não é o que realmente faz um homem. É o ritmo, o compasso, saber como atingir aqueles pontos deliciosos com a quantidade certa de pressão. Então, da próxima vez que você assistir a um comercial que promete crescimento do pênis ou um pau miraculoso?

Economize uma graninha. Compre o Kama Sutra em vez disso.

Drew agarra meu cabelo, puxando minha cabeça para trás, e mexe mais rapidamente. Mais forte e rápido. Seguro na ponta da mesa, tentando me equilibrar.

Ele beija meu ombro e sussurra em meu ouvido:

– Você gosta disso, amor?

Gemo.

– Sim... sim... muito.

Ele impulsiona dentro de mim com mais força, balançando a mesa.

Rapidamente, começo a agir como uma locomotiva fora de controle.

Estou flutuando. Levemente.

E é sublime.

Drew diminui o movimento de seu quadril conforme eu desmonto, fazendo com que dure mais. Ele me empurra contra seu peito e seus dedos deslizam pela minha barriga, subindo até os seios, apalpando e amassando-os com as duas mãos.

Coloco os braços ao redor do seu pescoço, virando minha cabeça, trazendo sua boca à minha.

Amo sua boca, seus lábios, sua língua. Beijar é uma forma de arte. E Drew Evans é o Michelangelo.

Ele tira o pau e eu me viro para vê-lo. Empurrando-o de costas para a cama. Drew se senta na ponta e vou para cima dele, colocando minhas pernas em volta da sua cintura.

Deus do céu.

Esse é o jeito que mais gosto: peito com peito, boca com boca, sem nenhum espaço entre nós. Seguro-o na minha mão e deslizo nele. Meu interior se estica completamente e Drew geme. Subo lentamente e depois desço, bem forte. Testo a resistência da cama.

Cric.

Cric.

Mexo mais rápido. Mais profundamente. Nossos corpos estão escorregadios por causa do calor mexicano.

Drew agora está segurando meu rosto em suas mãos e seus dedos estão passando por toda a minha pele. De repente, ficou carinhoso. Adorável.

Nossas testas se encostam e, na penumbra, consigo vê-lo olhando para baixo, observando onde ele passa por dentro e fora de mim.

Também olho para baixo.

É erótico. Sensual.

Tiro seu cabelo da testa.

E minha voz implora:

– Diga que me ama.

Ele não diz isso frequentemente. Ele prefere me mostrar. Mas nunca me canso de ouvir isso. Porque toda vez que ele pronuncia aquelas palavras, sinto a mesma maravilhosa sensação de quando as ouvi pela primeira vez.

– Eu te amo, Kate.

Suas mãos ainda seguram meu rosto. Estamos ambos ofegantes, nos mexendo mais rápido, ficando mais próximos. Parece algo espiritual.

Uma comunhão religiosa.

A voz de Drew está silenciosa. Sem fôlego:

– Diga que nunca irá me deixar.

Seus olhos estão brandos agora, um pouco cor de prata líquida. Suplicando por segurança.

Devido a sua audácia e superconfiança, acho que ainda tem uma parte dele que é assombrada pela semana em que ele pensou que eu tivesse escolhido o Billy. Acho que é por isso que ele faz tanta coisa, para provar o quanto me quer.

Para me mostrar que fiz uma escolha sensata.

Sorrio suavemente e olho diretamente em seus olhos:

– Nunca. Nunca vou te deixar, Drew.

As palavras soam como promessas.

Suas mãos pegam meu quadril, me levantam, ajudando a me mexer.

– Meu Deus, Kate... – Seus olhos se fecham.

E nossas bocas se abrem, pegando a respiração um do outros. Ele se amplia em mim, vibrando, enquanto eu me aperto ao seu redor.

E nós gozamos juntos. Em perfeita sintonia.

Em um esplendor perfeito.

Em seguida, os braços de Drew ficam justos ao meu redor. Toco seu rosto e beijo-o gentilmente. Ele cai para trás na cama, me levando com ele, me deixando sempre por cima. Ficamos deitados assim por um tempo, até que as batidas dos nossos corações voltem ao normal e nossas respirações desacelerem.

Drew me coloca por baixo dele.

E transamos novamente.

Capítulo 2

As baladas da cidade de Nova York.

A música é tão alta que, se você quiser conversar, só conseguirá se for capaz de ler lábios. Caras suados com camisas sou-muito-sexy de seda, que acham que, só porque você respira, significa que já está querendo algo. Filas enormes no bar e bebidas aguadas extremamente caras.

Não é o meu lugar favorito.

Prefiro muito mais um barzinho. Cerveja de garrafa, *jukeboxes*, mesas de sinuca – quando preciso, sou uma ótima jogadora de sinuca.

Não que não tenha curtido uma ou duas boas *raves* na minha vida.

O quê? Você achou que maconha tinha sido a única substância ilegal a encantar minha corrente sanguínea? Infelizmente não. *Ecstasy*, LSD, alucinógenos, já experimentei todos eles.

Acho que te choquei. Não deveria ficar.

Toda essa cultura de drogas começou com intelectuais em instituições de ensino superior. Não me venha com essa de que Bill Gates inventou o Windows – um labirinto de caminhos interconectados e multicoloridos – sem algum suporte psicodélico.

Bom, de qualquer modo, apesar das minhas preferências, quatro semanas depois que voltamos de Cabo, Drew e eu acabamos na balada mais popular do momento. Com nossos melhores amigos, Matthew e Deloris. Para celebrar o primeiro aniversário de casamento deles.

Não sabia que eles se casaram? Foi ótimo. Vegas. Preciso dizer mais alguma coisa?

Deloris adora baladas. Ela curte qualquer tipo de estímulo sensorial. Quando tínhamos dez anos, sua mãe, Amélia, comprou um estroboscópio para seu quarto. Deloris sentava e ficava encarando-o durante um bom tempo, como se fosse uma bola de cristal ou uma pintura de Jackson Pollock.

Pensando bem, isso explica muita coisa.

Então, está nos vendo ali? Deloris e Matthew estão saindo da pista de dança, vindo até onde estou sentada, em uma roda de cadeiras vermelhas estofadas que estão na moda. Drew saiu para pegar outra bebida.

Estou muito cansada para dançar esta noite. Deloris se joga na cadeira ao meu lado, rindo.

Eu bocejo.

– Você tá horrível, Petunia.

Uma boa amiga deve ser capaz de te contar qualquer coisa. Pode ser a traição de um namorado ou um vestido que faz seus pneuzinhos te deixarem parecida com um sharpei. Em qualquer situação, se elas não forem corajosas o suficiente para lhe dizer o que quer que seja? Elas não são suas melhores amigas.

– Obrigada, Dee Dee. Também te amo.

Ela joga seu longo cabelo loiro para trás, ondulado, e brilhando com a purpurina que ela colocou para as festividades desta noite.

– Só estou dizendo que você tá precisando de um dia em um *spa*.

Ela não está errada. Estive exausta a semana inteira, daquele jeito que pega o corpo inteiro, parecendo que você está com um peso nas costas. Ontem, eu caí no sono na minha mesa.

Acho que peguei aquela gripe que está rolando.

Deloris se abana com a mão.

– Cadê a porra do Drew com aquelas bebidas? Estou morrendo aqui.

Ele desapareceu há alguns minutos, o que não é incomum em um lugar como este.

Ainda assim, meus olhos analisam o ambiente.

Aí eles encontram o Drew. No bar, segurando as bebidas, conversando com uma mulher.

Uma linda loira, com pernas do tamanho do meu corpo inteiro.

Ela está com um scarpin prateado e um vestido curto com lantejoulas. Ela parece... legal. Sabe aquele tipo? Uma daquelas garotas legais com quem os caras adoram sair porque elas arrotam e gostam de esportes. Ela está sorrindo.

O pior de tudo é que Drew também está.

E está vendo como ela se curva pra ele? A inclinação da cabeça dela? O embaraço sutil de suas coxas?

Eles já transaram. Sem dúvida alguma.

Filho da puta.

Esta não é a primeira vez que encontro alguma das ex-ficantes de Drew. Na verdade, isso costuma ocorrer diariamente: a garçonete no Nobu, a bartender no McCarthy's Bar and Grill, diversas clientes aleatórias no Starbucks. Drew é educado, porém rápido, dando-lhes a mesma atenção que você dá quando encontra um colega da escola do qual nem se lembra do nome.

Então, isso não costuma me incomodar.

Mas como disse, esta não é uma semana normal. A fadiga me deixou ranzinza. Sensível demais. Puta.

Porra, ele continua conversando com ela.

Ela coloca a mão no braço dele e aí minha mulher da caverna interior bate no peito como o King Kong com roupas. Tem um copo vazio na minha frente. Lembra-se da Marcia Brady e o futebol? Acha que consigo alcançá-los daqui?

Já repararam que assassinos em série e terroristas quase sempre são do sexo masculino? É porque os homens gostam de espalhar agonia. As mulheres, no entanto, guardam a dor internamente. Guardamos para nós. Até a morte.

Sim, eu fiz aula de Introdução à Psicologia na faculdade.

Mas o que importa é que, em vez de ir até lá e arrancar os fios de cabelo da loirinha, como eu realmente gostaria de fazer, eu me levanto.

– Vou pra casa.

Deloris pisca.

– O quê? Como assim? – aí, ela repara no meu rosto. – O que aquele idiota fez agora?

Um conselho: quando estiver nervosa com seu companheiro, tente não contar isso para as amigas. Mesmo depois que você perdoá-lo, pode apostar que elas nunca se esquecerão.

Em vez disso, recomendo reclamar para a família dele. Eles já viram seus traços negativos, egoístas e imaturos em alta definição, então não é como se estivesse abrindo o jogo.

Mexo a cabeça.

– Nada. Estou apenas... cansada.

Ela não engole essa desculpa. E seu olhar se fixa na direção em que continuo olhando. A Pernuda joga sua cabeça para trás e ri. Seus dentes são branco-perolados e perfeitos. Aparentemente, a bulimia ainda não apodreceu seu esmalte.

Ainda.

Deloris vira para o marido.

– Matthew, vá buscar seu amigo. Antes que eu vá, porque, se eu for, você vai precisar de um esfregão para pegá-lo.

Mantenho meu queixo erguido, teimosamente.

– Não, Matthew, não vá. Drew está, claramente, feliz lá. Por que tirá-lo de lá?

Imaturo? Provavelmente.

Eu me importo? Não.

Matthew olha de um lado para o outro para nós. Em seguida, sai correndo até o Drew.

Dee Dee o treinou direitinho. Ela deixa o Encantador de Cães no chão.

Dou um abraço de despedida.

– Te ligo amanhã.

Depois, vou até a porta sem olhar para trás.

Nunca vivi sozinha.

Quando fiz dezoito anos, saí da casa de meus pais e fui morar em uma república. No segundo ano, Billy se juntou a mim e a Deloris na Pensilvânia, e alugamos uma enorme casa velha fora do campus com outros quatro alunos. O teto tinha goteiras e o aquecimento era horrível, mas o aluguel cabia no orçamento.

Depois que Deloris foi embora para Nova York, enquanto eu ainda estava em Wharton, Billy e eu alugamos um lugar só para nós dois. Depois nos mudamos para a cidade e o resto você já sabe.

Por que estou te contando isso?

Porque não sou tão independente quanto pareço ser. Sou uma *daquelas* mulheres. Sou do tipo que acende cada luz na casa quando está sozinha. Sou do tipo que dorme na casa de uma amiga quando o namorado está fora da cidade.

Nunca estive sozinha. Nunca fiquei sem um namorado. É uma das razões de Billy e eu termos durado tanto tempo, pois preferia uma relação acabada a não ter nenhuma.

Quando voltei ao apartamento, fui até o quarto e coloquei uma blusinha e uma calça de pijama cereja. Ao terminar de tirar a maquiagem do rosto, escutei a porta da frente se abrir e fechar.

– Kate?

Não respondo.

Seus passos soam pelo corredor e, um minuto depois, Drew está na porta do banheiro.

– Oi, por que você me deixou? Voltei com as bebidas e Deloris começou a jogar gelo na minha cabeça, me chamando de merda.

Não faço contato visual. Minha voz está firme. Desdenhosa.

– Estava cansada.

Por que não digo logo o que está me incomodando? Porque este é o jogo das mulheres. Queremos que vocês arranquem isso de nós. Para nos mostrar que estão interessados. É um teste para ver o quanto se importam.

Drew me segue até o quarto.

– Por que não esperou por mim? Teria voltado com você.

Meus olhos alcançam os dele. Meu rosto está ríspido, meu corpo está tenso, tudo pronto para a batalha.

– Você estava um pouco ocupado.

Ele olha para baixo, seus olhos se apertam. Está tentando decifrar minhas palavras.

Depois, desiste.

– Como assim?

Explico tudo para ele.

– A loira, Drew. No bar?

Ele me olha com curiosidade.

– O que tem ela?

– Conte-me você. Você transou com ela?

Drew caçoa.

– Claro que não transei com ela. Saí dois minutos depois de você. Nós dois sabemos que demoro muito mais que isso. Ou você quer que eu te lembre disso?

Não, ele não é tão estúpido quanto aparenta. Na verdade, ele é brilhante. Ele está tentando ser fofo. Sexy. Tentando me distrair.

É o que ele faz. E costuma funcionar. Mas não hoje à noite.

– *Já* transou com ela?

Drew esfrega a nuca.

– Você realmente quer que eu responda isso?

A resposta é um grande sim, caso esteja se perguntando.

Levanto minhas mãos.

– Claro! Claro que você a comeu, porque, Deus do céu, não tem um *dia* em que saímos sem você encontrar alguma mulher que não seja íntima do seu pau! Tudo bem que, quase sempre, você não se lembra delas.

Os olhos de Drew se estreitam.

– Então, qual é? Você fica nervosa quando me lembro delas ou quando não me lembro? Me dá uma dica, Kate, para que possamos brigar do jeito que você está querendo.

Pego meu creme e passo-o rapidamente nos meus braços.

– Não quero brigar, só quero saber por que você se lembra dela.

Drew encolhe os ombros, e sua voz fica neutra.

– Ela é uma modelo. O outdoor dela está no meio da Times Square. É um pouco difícil esquecer alguém quando você vê sua foto todo dia.

E *isso* não faz eu me sentir *muito* melhor.

– Bom pra você. Então, por que você ainda está aqui? Por que não volta lá e encontra a sua modelo, já que ela significa tanto pra você?

Uma pequena parte de mim percebe que estou sendo um pouco irracional, mas minha raiva está igual a uma avalanche. Agora que começou, não tem como pará-la.

Drew olha para mim como se eu tivesse enlouquecido e estica a mão.

– Ela não significa nada para mim. Você sabe disso. De onde tá vindo essa porra?

Em seguida, um pensamento vem à mente dele.

Ele dá um passo para trás antes de perguntar.

– Você está perto de menstruar? Não surte, estou apenas perguntando, porque, do jeito que você tem agido ultimamente, acho que Alexandra está prestes a perder seu título.

Ele pode estar certo. No Ensino Médio, tinha um corredor, a asa L, que sempre ficava cheio na troca de aulas. E eu sabia que minha menstruação estava próxima quando andava por lá e queria espetar meu lápis no pescoço da pessoa à minha frente.

Mas, para vocês, caras, mesmo que o mau humor de sua namorada *seja* da TPM, não fale isso para ela. Não vai acabar bem para você.

Pego um sapato e jogo, batendo bem entre os olhos azuis brilhantes do Drew.

Ele coloca as mãos na testa.

– Que porra é essa?! Falei pra não surtar!

Todo relacionamento tem um escandaloso. Um atirador. Uma pessoa que quebra coisas. Neste caso, essa pessoa sou eu. Mas não é minha culpa. Você não pode culpar o míssil nuclear por ter disparado depois de ter apertado todos os seus botões.

Pego o outro sapato e jogo também. Drew agarra um travesseiro e o usa como escudo. Vou até o closet para pegar mais munição, mas ele conseguiu segurar meu braço antes de eu chegar lá.

– Quer parar com essa porra! Por que está agindo assim?

Encaro-o.

– Porque você nem se importa! Estou muito chateada, e você não tá nem aí!

Seus olhos se abrem, sem acreditar.

– Claro que me importo, sou eu quem estou levando vários Jimmy Choo na cabeça como se fossem estrelas ninja!

– Se você se importa tanto, por que não se desculpa?!

– Porque eu não *fiz* porra nenhuma! Não tenho problema algum em assumir de joelhos quando faço merda. Mas se você acha que vou implorar apenas porque você foi possuída pelo demônio dos hormônios, você deve ter ficado louca, querida.

Escapo dele e o empurro no peito com ambas as mãos.

– Beleza. Tudo bem, Drew. Não me importo mais com o que você faz – pego um cobertor e um travesseiro e jogo para ele. – Mas pode ter certeza que você não vai dormir comigo hoje. Saia daqui!

Ele olha para os lençóis. Em seguida, para mim. E seu rosto relaxa, ficando calmo.

Muito calmo, igual antes de uma tempestade.

– Não vou para lugar algum.

Ele se joga na cama, esticando seus braços e pernas como uma criança fazendo um anjo de neve.

– Acontece que gosto desta cama. É confortável. Aconchegante. Tenho ótimas lembranças aqui. E este é o *único* lugar em que vou dormir.

Não tem por que discutir quando Drew fica assim, teimoso e infantil. Às vezes, eu realmente acho que ele vai segurar sua respiração até conseguir o que quer.

Puxo o travesseiro da sua cabeça, deixando-o estirado no colchão, olhando para mim.

Ele arqueia a sobrancelha.

– O que está fazendo?

Encolho os ombros.

– Disse que não vou dormir com você. Então, já que você não vai para o sofá, eu vou.

Ele se senta.

– Isso é completamente ridículo, Kate. Diga que você sabe disso, que estamos brigando por nada!

Minha voz aumenta.

– Então, meus sentimentos não significam *nada*?

– Eu não disse essa porra!

Aponto um dedo para ele.

– Você disse que estamos brigando por nada, mas estamos brigando pelo o que você me fez sentir, você acha que meus sentimentos não valem nada!

Ele abre a boca, como um peixe precisando de oxigênio.

– Não entendi. Não tenho ideia alguma do que você quis dizer com isso.

Fecho os olhos. Rapidamente, minha raiva murcha.

Em vez disso, fico cheia de dor.

– Esquece, Drew.

Ao sair pelo corredor, sua voz me segue.

– Que porra acabou de acontecer?

Estou muito cansada para tentar explicar mais uma vez. Normalmente, quando discutimos, não consigo pegar no sono. Fico muito cheia de adrenalina e de paixão.

No entanto, esta noite, isso não seria um problema. Assim que encostei a cabeça no travesseiro, dormi igual a um doente.

Algum tempo depois, uns três minutos ou umas três horas, um peito quente e forte encosta nas minhas costas, me acordando. Sinto sua mão na minha barriga. Ele encosta seu rosto no meu cabelo e inspira.

– Desculpa.

Viu, garotos, vocês só precisam fazer isso. Essas são as palavras mágicas, capazes de passar por cima de qualquer obstáculo.

Até mesmo da TPM.

Me viro em seus braços, e olho em seus olhos.

– Está se desculpando pelo quê?

O rosto de Drew fica vago, procurando pela resposta correta. Então, ele sorri.

– Por qualquer coisa que você queira que eu me desculpe.

Rio, mas minhas palavras são sinceras.

– Não. Me desculpe. Você estava certo, eu estava agindo como uma idiota. Você não fez nada de errado. Devo estar perto de menstruar.

Ele beija minha testa.

– Não é sua culpa. Eva é a culpada.

Beijo seus lábios suavemente. Em seguida, seu pescoço. Faço um caminho pelo seu peito, indo até o seu peitoral, de repente me desperto com vontade de agradá-lo. Olho para ele.

– Você quer que eu te compense?

Seus dedos traçam o que acredito serem círculos escuros embaixo de meus olhos.

– Você está exausta. O que acha de me compensar de manhã?

Deito mais perto e encosto minha bochecha em sua pele. Fecho os olhos, pronta para voltar a dormir.

Até que a voz de Drew quebra o silêncio.

– A não ser que... sabe... você realmente *queira* compensar agora. Porque se você quiser, não sou eu quem...

Dou uma gargalhada, cortando suas palavras enquanto abaixo a cabeça sob as cobertas, lentamente viajando para baixo para compensá-lo.

Do seu jeito favorito.

Capítulo 3

Dois dias depois, estamos tomando café da manhã na mesa da cozinha. Drew gosta de fazer exercícios à noite após o trabalho, para relaxar e liberar o estresse do dia. Eu, no entanto, sou uma daquelas pessoas superirritantes que adoram correr às cinco da manhã. O café da manhã é o momento em que nos encontramos no meio de tudo. Depois disso, Drew vai para o escritório e eu, para o banho.

– Sabe do que gosto no cereal de biscoito de chocolate? – ele está olhando para a colher.

Nunca vi uma pessoa comer tanto cereal. Juro por Deus, se eu não cozinhasse, ele só comeria isso.

Engulo uma colherada do iogurte Dannon Light & Fit. Os comerciais não mentem, com certeza é uma delícia. O de banana e morango é o melhor.

– O que?

– É porque tem forma de biscoito. Então, além de ser delicioso, faz eu me sentir como em uma vingança contra meus pais, por eles terem feito eu comer aveia na primeira metade da vida.

Poeta e filósofo, Drew é realmente um homem do Renascimento.

Abro a boca para provocá-lo, mas fecho rapidamente quando uma onda de náusea vem com tudo como um raio. Limpo a garganta e encosto a mão em meus lábios.

– Kate? Tudo bem?

Ao tentar responder, minha barriga dá uma cambalhota que deixaria Nadia Comaneci com inveja.

Vou vomitar.

Odeio vomitar.

Me deixa claustrofóbica. Sufocada.

Até hoje, quando tenho virose, fico no telefone com minha mãe enquanto ela conversa comigo durante os enjoos.

Não vou conseguir chegar ao banheiro, então corro até a pia da cozinha. Enquanto eu devolvo meu café da manhã nela, Drew segura os fios do meu cabelo que escaparam do meu rabo de cavalo.

Quero pedir para ele sair dali, mas outra rodada de ânsia de vômito começa. Algumas mulheres não têm problema algum em usar o banheiro, fazer pum ou vomitar na frente de seus namorados.

Não sou uma delas.

Talvez seja bobagem, mas, caso eu morra de repente, não quero que a última lembrança que Drew tenha de mim seja eu sentada no vaso sanitário.

Ou, neste caso, vomitando na pia.

A voz dele é doce. Verdadeira.

– Tudo bem... calma. Está tudo bem.

Quando parecia que o pior tinha acabado, Drew me dá um papel toalha molhado. Depois, ele olha para o ralo.

– Eita, isso está colorido.

Eu soluço.

– Eca, sabia que estava ficando gripada.

– É o que parece.

Mexo a cabeça.

– Não tenho tempo para ficar doente. Tenho aquela reunião com Robinson hoje.

Anne Robinson é uma cliente que tenho tentado conquistar há alguns meses. Dinheiro velho, e enfatizo a palavra *velho*. Ela tem tipo uns 95 anos. Se eu não fechar com ela hoje, pode ser, literalmente, muito tarde para isso.

– Você está doente, amor. Não acho que a senhora Robinson ficará impressionada se você sujar todas as suas antiguidades. Para sua sorte, você tem um namorado genial que atua extremamente bem em situações emergenciais. Dá a pasta que vou fazer a reunião. Será tão boa quanto a sua.

Ele me pega em seus braços.

– Drew, não...

Ele me corta.

– Não. Sem frescura. Não quero ouvir nada. Vou te colocar na cama.

Sorrio, me sentindo fraca.

Drew me aconchega e deixa um copo de refrigerante no criado-mudo.

Acho que ele beija minha testa, mas não tenho certeza. Porque já estou adormecendo.

Três horas depois, saio do elevador no 40º andar do prédio do escritório.

Estou de estômago vazio, mas depois de uma boa soneca, acordei me sentindo melhor. Revigorada. Pronta para dominar o mundo e Anne Robinson. Vou até a sala de conferência e dou uma espiada pelo vidro.

Consegue ver o Drew? Sentado, perto da velhinha de cabelos grisalhos na cadeira de rodas? Enquanto ele conversa com o representante legal, as mãos da senhora Robinson desaparecem por baixo da mesa.

E, um segundo depois, Drew treme, como se tivesse levado um choque.

Mulheres idosas têm uma queda pelo Drew.

É muito engraçado.

Ele dá um olhar de repreensão para a senhora Robinson. Ela apenas mexe as sobrancelhas. Em seguida, ele vira os olhos antes de desviá-los, me encontrando no caminho.

Drew pede licença e vem até o corredor, com um alívio brilhando em seu rosto como um farol.

– Pelo amor de Deus, que ótimo que você está aqui.

Meus lábios abrem um sorrisinho com malícia.

– Não sei, a senhora Robinson parece curtir sua companhia.

– Claro, se ela tentar curtir mais um pouco, terei de grampear suas mãos na mesa de conferência.

Ele me olha preocupado.

– Não pense que não estou completamente feliz por te ver, pois estou. Mas o que está fazendo aqui? Você deveria estar na cama.

Encolho os ombros.

– Deve ter sido uma pane de três horas. Estou bem agora.

Drew segura a minha bochecha e coloca a palma da mão sobre minha testa para ver se estou com febre.

– Tem certeza?

– Sim. Completamente bem.

Ele acena, mas continua desconfiado, não está totalmente convencido.

– Tudo bem. Ah, acho que temos um jantar na casa dos meus pais hoje à noite. Você acha que estará bem ou quer que eu cancele?

Jantar na casa dos Evans é sempre uma ocasião interessante.

– Acho que estarei boa até lá.

Ele me entrega a pasta da Robinson.

– Beleza. Suas estratégias de investimento deixaram todos trêmulos. Estão excitados e arreganhados, só esperando você meter neles.

A imaginação dele é um pouco perturbadora.

– Isso foi nojento, Drew.

Nada o abala.

– Tanto faz – ele me beija rapidamente. – Vá com tudo!

Ele sai e vou até a sala de conferência para fechar o acordo.

Bom, você está começando a entender agora, né? O problema, a situação inteira? Sei que está demorando um pouco, mas a gente vai chegar lá.

Aproveite os bons momentos enquanto pode, pois não durarão muito.

A razão de estar te mostrando tudo isso é para que entenda o porquê de eu estar tão surpresa. O quão acidental, sem intenção, tudo isso realmente foi.

Acho que a vida é assim.

Você acha que tem tudo sob controle. Seu caminho está perfeitamente traçado. E aí um dia você está conduzindo tudo e *pá*! Você é golpeado no meio das costas.

E nunca viu essa ameaça se aproximando.

As pessoas são assim também. Imprevisíveis.

Não importa o quanto você pensa que conhece uma. O quanto esteja segura de seus sentimentos, suas reações. Elas, ainda assim, podem te surpreender.

Das piores maneiras possíveis.

Capítulo 4

As visitas à família de Drew nunca são entediantes. Devido ao fato de ser filha única, no começo eu achava as reuniões em família um pouco exageradas. Mas, agora, já me acostumei.

Drew e eu chegamos por último.

Frank Fisher, o pai do Matthew, e John Evans estão em pé ao lado do bar no canto, trocando cotações de ações. Deloris está jogada no braço da cadeira reclinável ao lado de Matthew, assistindo ao jogo de futebol, enquanto a irmã de Drew, Alexandra, mais conhecida como "A Vaca", e seu marido, Steven, estão sentados no sofá.

A sobrinha de Drew, Mackenzie, está sentada no chão. Ela mudou desde a última vez que você a viu. Agora, ela tem seis anos, seu cabelo está mais longo, seu rosto está um pouco mais fino, está mais feminina, menos criança, porém continua adorável. Ela está brincando com um monte de bonecas e acessórios de cozinha em miniaturas.

Anne, a mãe de Drew, e Estelle, a de Matthew, provavelmente estão na cozinha. E se você está se perguntando onde está George Reinhart, o pai viúvo de Steven, só veremos ele mais tarde.

Ao entrarmos na sala, Steven nos cumprimenta e oferece um drinque.

Sentamos nas poltronas, com nossas bebidas, e assistimos ao jogo.

Mackenzie aperta o botão de uma das suas bonecas e uma voz eletrônica ocupa a sala.

– Não, não, não! Não, não, não!

Mackenzie inclina a cabeça ao olhar para a boneca irritante.

– Acho que você está errado, papai. Não-não Nancy não parece nadinha com a mamãe.

O comentário chama a atenção de Alexandra.

– Como assim, Mackenzie?

Atrás de sua esposa, Steven mexe a cabeça para a filha, mas, infelizmente para ele, ela não entende o que ele quis dizer.

Em vez disso, explica:

– No outro dia, quando você saiu, papai disse que a Não-Não Nancy parecia com você. Mas no lugar de "não", você diz "não faz isso, não faz aquilo".

Todo mundo se vira para Alexandra, observando-a como uma bomba prestes a explodir, na contagem regressiva.

Steven tenta, valentemente, desativá-la. Sorri e provoca.

– Você tem que admitir, querida, a semelhança é estranha...

Alexandra dá um soco em seu braço. Mas ele comprime seu bíceps antes de ela entrar em contato, suavizando o golpe. Ela dá um soco nele novamente, menos alegre.

Steven apenas se gaba.

– Você não pode amassar ferro, amor. Tenha cuidado, não vai querer machucar a mão.

Mais rápido do que uma bala, os dedos de Alexandra atacam e beliscam a pele tenra atrás do tríceps dele, deixando-o de joelhos.

Drew faz uma careta e esfrega a parte de trás de seu braço em compaixão:

– Isso vai deixar uma marca.

A voz de Alexandra é firme e conclusiva.

– Não reclamo. Sou uma esposa gentil, educada, compassiva e, se você fizesse o que deveria, eu não precisaria sempre falar alguma coisa!

Ele dá um ganido.

– Sim, querida.

Ela solta seu braço e levanta.

– Vou ajudar minha mãe na cozinha.

Depois que ela sai, Mackenzie, pensativa, olha para baixo, para a boneca castigada, e depois para seu pai:

– Na verdade, papai, você está certo. A mamãe realmente se parece com a Nancy.

Steven coloca um dedo em seus lábios.

– Shhhhhh.

Um pouco depois, Drew, Matthew, Deloris e eu estamos no quarto para a aula de violão da Mackenzie.

Estou ensinando-a tocar. Eu tinha cinco anos quando meu pai me ensinou. Ele me disse que música era como um código secreto, uma linguagem mágica que sempre estaria ao meu lado. Para me consolar quando estivesse triste, para me ajudar a comemorar quando estivesse feliz.

E ele estava certo.

É uma lição que tenho levado comigo a vida toda. Um pedacinho dele que consegui me guardar depois que ele foi embora. E estou empolgada por passar este conhecimento para Mackenzie.

Ela está tocando "Brilha, brilha, estrelinha" neste momento.

Ela é boa, não acha? Focada. Determinada. Não estou surpresa, afinal ela é sobrinha de Drew. Quando ela termina a música, todos nós batemos palmas.

Em seguida, me viro para Deloris.

– Billy me ligou ontem à noite. Ele tem algumas semanas de folga. Está vindo para a cidade e quer se encontrar para um jantar.

Sarcasmo escorre pelas palavras de Drew como chocolate no morango.

– O bundão está vindo para a cidade? Ah, que beleza. Será igual ao Natal.

Deloris olha para Drew:

– Ei, bundão é o meu apelido para ele. Escolha o seu.

Drew acena.

– Você está certa. Idiota soa melhor.

Está se questionando sobre a Jarra do Palavrão, não é? Para quem não a conhece, a Jarra do Palavrão foi feita pela Alexandra para penalizar financeiramente quem, normalmente o Drew, falasse palavrão na frente da sua filha. No começo, cada palavrão custava um dólar, mas quando Drew e eu estávamos resolvendo nossos problemas, convenci Mackenzie a aumentar o preço para dez. Sou vingativa mesmo.

Bom, hoje em dia, a jarra não é mais utilizada. Mackenzie tem uma conta-corrente. E como ela já é grande o bastante para escrever, ela mantém um registro de quem deve o quê naquele caderno azul ali, no qual ela está rabiscando neste momento.

Antes de irmos embora, espera-se que paguemos nossas multas. Ou corremos o risco de pagarmos uma taxa de 10 por cento de atraso.

Acho que Mackenzie será uma ótima investidora no futuro.

Ela guarda seu caderno e volta a dedilhar seu violão. Em seguida, vira para Drew.

– Tio Drew?

– Sim, amorzinho.

– De onde vêm os bebês?

Drew não hesita.

– Deus.

Aprendi sobre isso quando tinha onze anos. Minha mãe aplicou a abordagem "continue sendo minha garotinha para sempre e nunca faça sexo". Amélia Warren, por outro lado, estava mais do que empolgada em preencher essa lacuna. Ela queria que sua filha Deloris e eu estivéssemos informadas. E preparadas. Quando completamos treze anos, conseguíamos colocar uma camisinha numa banana mais rápido do que qualquer profissional.

Faça o que quiser, mas não deixe suas crianças aprenderem sobre reprodução com o "O Vídeo". Descobrir sobre aves e abelhas é como descobrir que não existe Papai Noel, um dia as crianças vão descobrir de qualquer jeito, mas será muito mais fácil se isso vier de você.

Mackenzie acena e volta para seu violão. Até que...

– Tio Drew?

– Sim, Mackenzie.

– O bebê cresce na barriga da mamãe, né?

– Mais ou menos.

– Como isso acontece... exatamente?

Drew esfrega seus dedos em seus lábios, pensando.

E seguro minha respiração.

– Bom, sabe quando você está pintando? E mistura azul e vermelho? E consegue...?

– Roxo!

– Excelente! Isso, você consegue roxo. Bebês são, mais ou menos, isso. Um pouco de pintura azul do papai, um pouco de pintura vermelha da mamãe, misture tudo junto e *bum*, você consegue uma pessoa nova. Com sorte, não será roxa, mas caso a tia Deloris esteja envolvida? Qualquer coisa é possível.

Deloris mostra o dedo do meio para Drew por trás das costas de Mackenzie.

Mackenzie acena. E volta a dedilhar seu violão. Durante um minuto.

– Tio Drew?

– Euzinho.

– Como a pintura azul do papai chega até a pintura vermelha da mamãe?

Drew arqueia as sobrancelhas.

– Como... como chega... até lá?

Mackenzie gesticula com a mão.

– Sim, claro. O médico dá uma injeção de pintura azul? A mamãe engole a pintura azul?

Matthew ri.

– Só se o papai for um homem muito sortudo.

Deloris dá uma palmada na cabeça dele. Mas os olhos azuis arredondados de Mackenzie continuam fixos em Drew, esperando por uma resposta.

Ele abre a boca.

E depois fecha.

Começa de novo.

E para.

Por fim, como no primeiro dia da primavera, quando alguém pula numa piscina, ele vai com tudo.

– Bem... a mamãe e o papai fazem sexo.

É oficial. Alexandra vai matá-lo. Desta vez, isso realmente será verdade. Serei viúva antes de ter me tornado uma esposa.

O rosto de Mackenzie fica completamente confuso.

– O que é sexo?

– Sexo é como os bebês são feitos.

Ela pensa por um minuto. E, depois, acena.

– Ah. Tá bom.

Uau.

E eu pensava que as provas finais da faculdade de Administração eram difíceis.

Drew conseguiu sair muito bem dessa, não acha? Ele é bom com crianças. Isso faz sentido, porque, em vários sentidos, ele ainda é uma.

Alexandra entra no quarto. Ela parece feliz, agora... agora que mostrou para Steven que suas "armas de ferro" podem, de verdade, serem amassadas. Ela está toda radiante.

– O que estamos fazendo aqui?

Drew sorri inocentemente.

– Conversando sobre cores de pintura.

Alexandra sorri e alisa o cabelo de sua filha.

Mackenzie acrescenta:

– E sobre sexo.

Alexandra para de mexer a mão.

– Espera... o quê?

Drew se debruça e sussurra em meu ouvido:

– Vamos embora daqui agora.

Quando a porta bate depois que saímos, escutamos "Drew!", e Alexandra não parece mais tão feliz.

O jantar é finalmente servido. O ato em si de comer a refeição foi monótono, mas, durante a sobremesa, Alexandra tamborila seu copo com uma colher.

– Podem me dar um minuto da atenção de vocês? – sorri para Steven e continua. – Mackenzie gostaria de contar algo.

Mackenzie sobe na cadeira e proclama:

– Minha mãe e meu pai fizeram sexo!

A mesa inteira fica em silêncio.

Até que Matthew levanta seu copo.

– Parabéns, Steven. É como o cometa Halley, né? Você só consegue vê-lo a cada 75 anos?

Deloris ri.

E John limpa a garganta. De um modo estranho.

– Isso é, ah... isso é... muito bom, querida.

Em seguida, Frank decide compartilhar.

– Sexo é bom. Te mantém no ritmo. Garanto que faço sexo pelo menos três vezes por semana. Não que a minha Estelle goste daquelas coisas malucas, mas, nestes quarenta anos de casamento, ela nunca teve uma dor de cabeça.

Estelle sorri orgulhosa ao seu lado.

Matthew cobre o rosto com as mãos.

O restante de nós apenas observa. Olhos arregalados, bocas um pouco abertas.

Até que Drew joga a cabeça para trás e ri.

– Isso está demais – limpa os olhos, praticamente chorando.

Alexandra mexe a cabeça.

– Espera. Tem mais coisa. Pode continuar, Mackenzie.

Mackenzie vira os olhos.

– Bom, é lógico que isso significa que eles vão ter um bebê. Serei uma irmã mais velha!

Muitos parabéns invadem o ambiente. Anne fica cheia de lágrimas ao abraçar a filha.

– Estou tão feliz por vocês, querida.

Drew levanta e abraça a irmã gentilmente.

– Parabéns, Lex – em seguida, dá um tapa nas costas de Steven. – Vou deixar o quarto de hóspedes pronto pra você, cara.

Estou confusa:

– Quarto de hóspedes?

Drew explica.

– Na última vez em que a Alexandra engravidou, ela botou o Steven pra fora de casa, não apenas uma ou duas vezes, mas *quatro* vezes.

Matthew se junta à conversa.

– Sem contar a vez que ela o deixou ficar, mas jogou todas as coisas dele pela janela.

Drew sorri.

– Parecia que um caminhão de entregas da Barneys tinha explodido na Park Avenue. Os mendigos nunca se vestiram tão bem.

Alexandra vira os olhos e olha para mim.

– Hormônios da gravidez. Eles podem causar oscilações de humor muito fortes. Costumo ficar um pouco... irritante... quando estou grávida.

Drew sorri.

– Diferente dos outros momentos, né, quando você é tão legal?

Sabe quando alguns cachorros continuam comendo seus sapatos, não importa quantas vezes você já bateu neles com seu jornal? Eles apenas não conseguem resistir?

Drew é um desses cachorros.

Alexandra deixa o irmão atiçado, como um gato perturbando uma cobra.

– Sabe, Drew, esperar um bebê? É como um passe-livre pra ficar fora da cadeia. Nenhum júri neste país iria me condenar por qualquer coisa.

Ele se afasta devagar.

Mexo a cabeça para ele, depois pergunto para Alexandra.

– Mudando de assunto, como está se sentindo?

Ela contrai os ombros.

– Cansada, na maior parte do tempo. E a parte de vomitar também não ajuda. A maioria das mulheres tem enjoo matinal, mas eu fico à noite, o que é uma droga.

Hã.

Vômitos.

Cansada.

Mal-humorada.

Isso certamente soa familiar.

O quê? Por que está me olhando deste jeito?

Não, não, todo mundo sabe que o sintoma mais garantido de uma gravidez é a falta de menstruação. E a minha está para descer daqui a... um... dois... quatro...

Cinco...

Minha menstruação tinha que ter descido há cinco dias.

Meu.

Deus.

Do.

Céu.

Capítulo 5

Negação é uma habilidade que eu dominava na adolescência.

Não pense nisso. Não fale disso. Engula isso. Engasgue com isso.

Não chorei na noite em que meu pai faleceu.

Nem quando o xerife Mitchell veio até a nossa casa para nos levar ao hospital, ou quando o médico nos contou que não conseguiram salvá-lo. Não derramei uma lágrima durante o velório ou o enterro.

Obrigada por ter vindo.

Sim, serei forte para minha mãe.

Você é tão gentil.

Oito dias depois que ele estava embaixo da terra, minha mãe estava trabalhando no restaurante no andar de baixo. Eu estava na cozinha, tentando abrir um pote de picles.

Fui até o quarto dos meus pais e chamei meu pai para ajudar. Foi aí que me toquei, olhando para o quarto vazio. Ele não estava lá. Ele nunca mais estaria lá. Caí no chão e chorei igual a um bebê.

Em cima de um pote de picles.

Esse é o mesmo conjunto de habilidades que me permitiu passar o resto da noite na casa dos Evans. Sorrio. Converso. Abraço Mackenzie para me despedir. Drew e eu voltamos para casa e fazemos amor.

E não conto para ele.

Você não grita fogo em um cinema a não ser que tenha certeza de que há chamas.

Já viu... *E o Vento Levou?* Minha heroína é Scarlett O'Hara.

"*Não posso pensar nisso agora. Pensarei amanhã*".

Portanto, este é meu plano. Pelo menos por enquanto.

O amanhã chega rápido.

Parece que Deus tem um senso de humor doentio. Porque a qualquer lugar que vá, tem algo sobre gravidez.

Dê uma olhada:

O homem passeia com cachorros ao meu lado na calçada, a policial guia o trânsito, o homem na capa da revista *People* na banca de jornal, a executiva no elevador apertado que parece contrabandear bolas de ginástica por baixo de sua blusa.

Cubro a boca e mantenho distância, como uma turista tentando evitar a gripe suína.

Enfim, chego ao escritório. Sento-me à mesa e abro minha fiel planilha diária.

Sim, ainda uso uma agenda de papel. Drew me comprou um BlackBerry de Natal, mas ainda está na caixa. Não confio em nenhum dispositivo que pode jogar meu trabalho em um abismo desconhecido com o toque de um botão.

Gosto de papel. É sólido, real. Para destruí-lo, você tem que queimá-lo.

Normalmente, sou um pouco controladora. Anoto *tudo*. Sou uma investidora, vivemos e morremos seguindo o cronograma. Mas, ultimamente, tenho estado distraída, preocupada com o cansaço e o sentimento geral de inutilidade. Então, me esqueci do fato de que tinha começado uma nova cartela de anticoncepcionais, mas não tinha menstruado na última.

Falando sobre anticoncepcionais.... O que é que tem?

Noventa-e-nove-vírgula-nove-por-cento de eficácia, vá se ferrar.

É a mesma exatidão estatística daqueles testes de gravidez que você tem de fazer xixi no pauzinho, por isso que não vou nem chegar perto de um desses. Em vez disso, pego o telefone e ligo para o escritório da doutora Roberta Chang.

Lembra-se dos quatro alunos que moravam comigo, com a Deloris e com o Billy fora do campus na Pensilvânia? Bobbie era uma deles. Seu marido, Daniel, era o outro.

Bobbie é uma pessoa incrível. Seus pais vieram da Coreia quando ela ainda era um bebê. Ela é pequenininha, o bastante para comprar roupas em loja de crianças, mas tem a personalidade de uma amazona.

Ela também é uma ótima ginecologista e obstetra. Recomendo-a como médica para vocês aí.

Bob e seu marido se mudaram para Nova York faz apenas alguns meses. Não a vejo há anos, mas nossa amizade é uma daquelas que continua firme, mesmo se ficarmos uma eternidade sem nos falar. Quando nos encontramos, parece que não ficamos longe nem um pouquinho.

Marco uma consulta e, automaticamente, anoto na minha agenda.

Bob – 19h.

Fecho a agenda e coloco-a na mesa perto do telefone. Depois, olho para o relógio e percebo que estou atrasada para uma reunião.

Merda.

Pego uma pasta e saio da sala.

Ainda não estou pensando nisso... caso queira saber.

Quando volto depois de duas horas, Drew está sentado à minha mesa, impaciente, batendo uma caneta no mogno escuro. Na maioria das vezes, a gente almoça junto, pede comida e divide em uma das salas.

– Oi.

Ele olha para cima.

– Olá.

– Já pediu ou estava me esperando?

Ele parece confuso.

– Hã?

Me apoio na ponta da mesa.

– O almoço, Drew. É por isso que está aqui, né?

Ele mexe a cabeça.

– Na verdade, queria falar com você sobre o jantar. Um novo restaurante abriu em Little Italy, e estou com uma vontade de comer massa. Ia reservar para nós esta noite. Às sete.

Congelo.

Não sou muito boa em mentir. Bom, não desde o Ensino Médio. Até mesmo naquela época, não havia muitas mentiras de verdade. Eram mais... omissões de atividades que minha mãe surtaria se soubesse. Quando era necessário mentir, recorria a Deloris, meu álibi. Isso ainda não mudou.

– Não posso esta noite. Deloris quer ter uma noite só de meninas. Não temos uma dessas há um tempão.

Vamos parar por um instante. Isso é importante.

Consegue notar o rosto dele? Olhe mais de perto ou você não vai perceber.

Por apenas um segundo, está um pouco surpreso. Um toque de raiva... talvez de dor. Mas depois volta ao normal, e sua expressão fica aliviada e volta a ser neutra. Perdi esse olhar na primeira vez. Você deveria se lembrar dele. Isso fará muito sentido daqui a dez horas.

Drew fala baixo. Como um detetive tentando derrubar um criminoso.

– Você viu Deloris ontem à noite.

Meu estômago murmura como aquelas balinhas que explodem.

– Ontem foi diferente, todo mundo estava lá. Esta noite, seremos apenas nós duas. Vamos comprar algumas bebidas, comer alguns aperitivos engordativos e depois voltarei.

Drew levanta, seus movimentos estão rápidos, tensos.

– Tudo bem, Kate. Faça a porra que quiser.

Ele tenta passar por mim, mas pego em seu cinto.

– Ei. Não fique assim. Podemos sair para jantar amanhã à noite. Não fique bravo.

Ele me deixa puxá-lo mais, mas não diz nada. Dou-lhe um sorriso galanteador.

– Fala sério, Drew. Vamos almoçar. E, depois, você pode me comer.

Esfrego minha mão pelo seu peito, tentando amaciá-lo.

Mas ele não se entrega.

– Não posso. Tenho que terminar umas coisas. Falo com você mais tarde.

Ele beija minha testa, com os lábios parecendo demorar um pouco mais do que o normal. Em seguida, se afasta e vai embora.

Na cidade de Nova York, você pode contar sempre com uma coisa: esperar. Não a correspondência, ou a gentileza do seu companheiro.

É a hora do rush. Nunca muda. É onde estou agora.

Para-choque com para-choque.

Tentei ligar para a Deloris três vezes para falar que eu precisava de cobertura, mas ela não atendeu. No laboratório, não é permitido utilizar celulares. Também não encontrei mais o Drew depois que ele saiu do escritório, e isso é bom. Eu, realmente, não quero conversar com ele até saber com o que estou lidando.

Quando você está sozinha em um veículo que praticamente quase não se mexe, não tem muita coisa para fazer.

A não ser pensar.

Consegue adivinhar no que estou pensando agora? Até a represa mais forte se racha um dia.

Scarlett O'Hara sai de cena.

Já ouviu a história sobre o pai da Deloris? É bizarra.

Quando éramos jovens, Amélia contou para Deloris que seu papaizinho não podia viver com elas. Ela contou aquilo de um modo simples, gentil. Mas quando ficou mais velha, Deloris descobriu a história toda.

Amélia cresceu na Califórnia. Consegue imaginar? Amélia, a garota surfista, jovem e bronzeada, magra e despreocupada.

Quando tinha dezessete anos, ela conheceu um cara no píer de Santa Monica: cabelo escuro, braços definidos e olhos esverdeados. Ele se chamava Joey Martino. Tiveram uma química instantânea e, como Julieta antes dela, Amélia se apaixonou profunda e rapidamente.

Aí, chegou a hora de Joey seguir em frente e ele pediu a Amélia que fosse com ele. Sua mãe falou que, se ela saísse pela porta de casa, não poderia nunca mais voltar.

Nunca mais.

Amélia se despediu de sua irmãzinha com um abraço e subiu na moto de Joey. Depois de seis semanas, eles estavam passando por Greenville, em Ohio.

E ela percebeu que estava grávida.

Joey recebeu bem a notícia e Amélia se empolgou. Agora eles seriam uma verdadeira família.

Porém, na manhã seguinte, ela acordou com apenas um bilhete ao seu lado que dizia:

Foi divertido.

Me desculpe.

E nunca mais o viu de novo.

Algumas crianças precisam se queimar algumas vezes antes de parar de brincar com fósforos. Mas Amélia nunca foi assim. Uma lição foi tudo o que precisou. A partir daquele momento, ela saiu apenas com um tipo de homem: humilde, simples, não alguém lisonjeador ou exibido e arrogante. Caras completamente diferentes de Joey.

Completamente diferentes de Drew.

É por isso que ela não gosta dele.

Não, não é bem isso. É por isso que não confia nele.

Ela me chamou de lado no nosso primeiro Natal, quando ela e minha mãe vieram me visitar. Ela me disse para ir devagar, para tomar cuidado com o Drew.

Porque ela já tinha visto aquele tipo de homem.

Bom, acabou a hora da história, crianças.

Chegamos.

O consultório da Bob é bem legal, um prédio geminado de arenito vermelho, com um estacionamento aberto. Caso você não saiba, é difícil encontrar lugares como esse na cidade. É um estacionamento cheio, compartilhado com o prédio vizinho. Carros entram e saem, e competem por vagas.

Desligo o motor, seguro o volante e respiro profundamente.

Eu consigo fazer isso.

Quero dizer, na verdade, são apenas os próximos dezoito anos da minha vida, né?

Saio do carro e olho para a plaquinha na janela do prédio.

ROBERTA CHANG
GINECOLOGIA E OBSTETRÍCIA

Ao tentar entrar, duas mãos enormes chegam por trás de mim e cobrem meus olhos. Uma voz familiar sussurra no meu ouvido:

– Adivinhe quem é?

Viro, no meio da multidão. Viver com alguém, especialmente durante a faculdade, cria um laço que nasceu de experiências compartilhadas e memórias preciosas.

– Daniel!

Daniel Walker é um homem do tamanho de um mamute. Ele e Arnold Schwarzenegger poderiam ser irmãos. Mas não se engane. Ele é como uma daquelas balas de caramelo: são duras por fora, macias e grudentas por dentro.

Ele é carinhoso. Generoso. Compassivo.

No nosso primeiro ano da faculdade, um rato decidiu se mudar para nossa arruinada casa. Todos votamos para matá-lo, exceto o Daniel. Ele construiu uma armadilha com barbante, papelão e graveto, que teria deixado Os Batutinhas orgulhosos.

Na verdade, ele conseguiu pegar o safadinho. Ficamos com ele. Colocamos-o numa gaiola, como se fosse uma mascote. Nós o chamávamos de Bud por causa da nossa cerveja favorita.

Daniel me puxa para dar um abraço de urso, me levanta e me gira. Em seguida, me coloca no chão e beija minha bochecha.

– É tão bom te ver, Kate. Você está linda!

Estou sorrindo tanto que meu rosto começa a doer.

– Obrigada, Daniel. Você também. Não mudou nadinha. Como está indo tudo?

– Não posso reclamar de nada. As coisas andam bem, apesar de ocupadas. Ainda estou fazendo entrevistas em hospitais.

Daniel é anestesiologista. Quando é possível, ele e a Bob trabalham juntos. Como eu e o Drew.

Ele continua.

– Mas a clínica da Bobbie está expandindo, então sou o entregador, por enquanto – ele levanta uma sacola de comida chinesa.

Quando o cheiro alcança meu estômago, ele se revira, me deixando ciente de que não está gostando. Engulo a saliva.

Ele coloca seu braço pesado nos meus ombros e conversamos durante alguns minutos. Sobre a mudança, sobre Deloris e sobre Billy. Conto sobre Drew e como gostaria que nós quatro saíssemos para jantar.

E, então, escuto um chiado alto de pneus de borracha.

Nos viramos e observamos as lanternas traseiras de um carro em alta velocidade desaparecerem do estacionamento.

Daniel mexe a cabeça.

– E eu pensava que os motoristas da Filadélfia é que eram ruins.

Rio.

– Ah, não, nova-iorquinos ganham na má direção. E são os fãs de beisebol mais loucos. Não use sua jaqueta do Phillies aqui, pode terminar em tragédia.

Daniel ri e seguimos até o prédio.

Bom, agora é oficial.

A vida como conhecia terminou.

Estou grávida. Prenha. O pão está no forno e o danado já está cozinhando. Não fiquei surpresa. Só esperava estar errada.

De acordo com Bobbie, meus antibióticos são os culpados. Eles reduziram a eficácia dos anticoncepcionais.

Então, entende agora o que disse sobre as bulas? Leia-as. Aprenda-as. Obedeça-as.

É muito cedo ainda para fazer um ultrassom, então terei que voltar daqui duas semanas. Também tenho que tomar vitaminas pré-natais do tamanho de um elefante, diariamente.

Que ótimo!

Estaciono na garagem, mas não subo até o apartamento. Uma das melhores partes de morar na cidade é que sempre tem algum lugar aberto, algum lugar para andar com pessoas em volta.

Saio na calçada e ando alguns quarteirões, tentando clarear minha mente. Tentando entender que porra devo fazer agora.

Se você estiver se questionando porque não pareço feliz, não estou, na verdade. Você tem que entender que nunca fui *aquela* garota. Não brincava com bonecas, mas com a caixa registradora dos meus pais. Enquanto as outras crianças queriam ir até uma loja de brinquedos, eu queria ir para uma papelaria.

Até mesmo antes da minha vontade de ser independente financeiramente começar, meus sonhos eram sempre de escritórios e mesas, não de berços e carrinhos de bebê. Não é que eu não queira ter filhos. Só não quero um *agora*. Agora não fazia parte do plano.

E ainda tem o Drew. Ele me ama, eu sei. Mas uma gravidez muda tudo. Significa marcas de estrias, peitos caídos e noites sem dormir. Acabam-se as férias espontâneas. Não haverá mais maratonas de sexo.

Ele vai ficar louco. Com certeza.

Sento num banco e observo os carros passando.

Em seguida, uma voz à direita chama a minha atenção.

– Quem é o menino mais lindo do mundo? É o Andrew. Meu lindinho.

É uma mulher, com cachos loiros suaves e olhos escuros, que deve ter a minha idade e está segurando uma máquina de baba.

Você acredita em sinais? Eu não.

No entanto, minha avó acreditava. Ela era uma mulher incrível, uma arqueóloga de respeito, que estudou profundamente as tribos americanas do sul. Eu venerava minha vó. Uma vez, ela me disse que os sinais estavam sempre em nossa volta. Eram guias que nos levavam para o caminho certo, em direção ao nosso futuro. Nosso destino. Tudo o que precisávamos fazer era abrir nossos olhos e corações, e encontraríamos nosso caminho.

Fico observando a jovem mãe e seu filho. Em seguida, um homem se aproxima delas.

– Oi, desculpa. Estou atrasado. A droga da reunião atrasou.

Acho que ele é o marido dela. Ele a beija. Depois, pega o bebê babão dela e o coloca sobre sua cabeça.

– Aqui está meu menino. Oi, garotão.

Seu sorriso é tão afetuoso, tão bonito, que literalmente me deixa sem ar. O casal perfeito se inclina um contra o outro docemente, com o bebê entre eles, se aproximando como um ímã.

Sinto-me como uma *voyeur*, mas o momento é tão especial que não consigo parar de olhar.

E é quando eu entendo. Não estou apenas grávida. Vou ter um *bebê*. Drew e eu fizemos um *bebê*. Uma nova pessoa.

Uma imagem vem à mente. Tão clara. Tão perfeita.

Um menininho de cabelo escuro, com o sorriso esperto do Drew e minha magnífica personalidade. Uma parte de cada um de nós.

As melhores partes.

Lembro-me de como Steven olhou para Alexandra, ontem à noite, quando contaram a grande novidade. Imagino como Drew me olha, quando pensa que não estou olhando. E o modo como ele se aconchegou com a Mackenzie quando ela pegou no sono ao seu lado no sofá. Me lembro do quanto é legal ensiná-la a tocar violão.

E como seria demais ensinar a um bebê... tudo. Drew adoraria ter um pequenininho para mostrar algumas coisas, por exemplo, como jogar xadrez e basquete.

E como xingar em quatro idiomas diferentes.

Drew não é Joey Martino. Sua família é tudo para ele.

Eu sou tudo para ele.

Terei um filho dele. *Deus do céu*. Os hormônios da gestação devem estar sobrecarregados, porque lágrimas começam a encher meus olhos e a descer pelas bochechas. Lágrimas de felicidade.

Porque tudo vai ficar bem.

Talvez eu fique com estrias, mas estamos em Nova York, a capital mundial da cirurgia plástica. É claro que ainda tem algumas coisas que quero conseguir no campo profissional. E irei. Porque Drew estará ao meu lado para me ajudar, para me dar apoio. Como ele sempre esteve.

Ele ficará empolgado, como uma criança quando ganha um presente inesperado na manhã de Natal. No início, será um choque, mas não consegue vê-lo? Alegre. Exaltado.

– Com licença, tá tudo bem? – devo estar chorando mais alto do que imaginava, porque o papaizão está me olhando, preocupado.

Seco minhas bochechas, com vergonha.

– Sim, estou bem. Estou apenas... – olho para a criança – Ele é tão lindo. Vocês são tão bonitos.

Perco o controle e me desfaço em soluços, então, a mãe dá um passo para trás.

Ótimo. Agora sou uma louca sentada num banco.

Ela pergunta:

– Tem alguém para quem possamos ligar?

Dou um suspiro e volto ao normal. Em seguida, sorrio.

– Não. Estou bem. Sério. É que... vou ter um filho.

Pronto.

Disse.

É claro que disse para dois desconhecidos, o que é um pouco estranho, mas, ainda assim, disse. Estou com medo? Claro que sim. Porém, eu nunca corri de um desafio na minha vida, por que iria agora?

– Parabéns e boa sorte, moça.

– Obrigada.

A família vira e sai andando pela rua. Ao vê-los se distanciarem, o painel de uma loja à direita chama minha atenção. É uma loja de artigos dos Yankees e, na vitrine, tem uma camiseta bem pequenininha que diz: PRÓXIMO ARREMESSADOR DO YANKEES. Minha empolgação, então, desabrocha como uma flor em uma floresta tropical.

Porque, agora, sei exatamente como contarei para o Drew.

Capítulo 6

O que você sabe sobre PES? Percepção extrassensorial, o conhecimento de um incidente antes que ele aconteça. Todos temos um pouco disso, os noventa por cento de nossos cérebros que não são utilizados.

É igual àquelas vezes em que você está dirigindo e pensa numa música que não escuta há anos, e aí ela começa a tocar no rádio. É igual àquelas manhãs, em que você imagina um velho amigo e, na hora do jantar, seu telefona toca e é o amigo em quem você tinha pensado.

Nunca acreditei muito nessas coisas. Mas quando a vendedora me deu o troco da camisetinha, uma bola de ansiedade se instalou profundamente em mim.

E não era uma perturbação normal. Era algo urgente. Uma inquietação desesperadora, como quando você lembra de que se esqueceu de pagar a conta do cartão de crédito.

Tinha que ir até o Drew. Tinha que falar com ele, contar para ele, e tinha que ser naquele momento. Andei rapidamente pela rua. Bom, o mais rápido possível quando se está usando saltos de sete centímetros.

A cada passo que me levava para mais perto do prédio, uma preocupação crescia de uma maneira incrível.

Quando consegui engolir a novidade, estava prestes a explodir. Mas, relembrando tudo, acho que aquilo significava outra coisa.

Uma premonição.

Quando cheguei à porta de nosso apartamento, meus joelhos estavam tremendo e minhas mãos suavam. Então, quando coloquei a mão na maçaneta...

Se você tiver estômago fraco? É melhor não assistir a isso.

Não vai ser bonito.

Entro no apartamento. As luzes estão apagadas. Coloco as chaves na mesa e tiro o casaco. Acendo a luz, deixando a sala bem clara.

E é quando vejo.

Eles.

Drew está em pé no meio da sala, sua camisa está desabotoada, deixando à mostra o peito por onde passei meus dedos milhões de vezes. A pele macia, bronzeada, que amo tocar. Ele está segurando uma garrafa quase vazia de Jack Daniel's com uma mão. A outra está escondida. Enterrada.

Numa juba de cabelos ondulados ruivos.

Ela é completamente o oposto de mim. Cachos ruivos grossos, peitos do tamanho de melancias, siliconados. Ela é alta, tão alta quanto o Drew, mesmo sem estar de saltos. Seus lábios são vermelhos e exuberantes, grossos o bastante para deixar Angelina Jolie com inveja.

E aqueles lábios carnudos estão se movendo nos lábios do Drew.

Pessoas que beijam bem, muito bem, não usam apenas os lábios. Usam o corpo todo, a língua, as mãos, o quadril.

Drew beija bem.

Mas nunca tive a oportunidade de observá-lo em ação. Nunca o vi beijar alguém. Porque era eu quem sempre estava recebendo. Sendo beijada.

Mas não é o que está acontecendo agora.

Fico parada lá, apenas chocada. Observando. E, apesar de ficar assim por apenas alguns segundos, parece uma eternidade.

No inferno.

Em seguida, Drew se afasta. Como se ele soubesse que eu estava lá durante todo aquele tempo, seus olhos encontram os meus imediatamente. Eles estão fortes. Cruéis.

Sua voz está tão fria, como o aço de um portão em uma tempestade de neve.

– Olha quem está em casa.

Muitas mulheres imaginam como reagiriam se pegassem seus namorados ou maridos as traindo. O que diriam. Como seriam fortes.

Iriam se honrar e ficariam indignadas.

Mas quando isso realmente acontece? Quando você não está apenas imaginando? Essas emoções estão, peculiarmente, ausentes.

Fico paralisada por dentro.

Morta.

E minha voz solta apenas um sussurro, gaguejando.

– O que... o que está fazendo?

Drew encolhe os ombros.

– Só me divertindo um pouco. Pensei, por que você tem que ser a única que pode se divertir um pouco?

Escuto as palavras, mas não as compreendo. Meus olhos se apertam e minha cabeça se inclina como um cachorro confuso.

Drew sai de perto da ruiva e toma um gole da garrafa. Ele se encolhe ao engolir.

– Parece confusa, Kate. Deixa eu te explicar. A primeira regra para mentir é sempre ter um álibi. Bom, agora, Matthew e Deloris estão em um avião, indo para Vegas. Matthew tem planejado esta viagem durante várias semanas, uma segunda lua de mel de surpresa. Portanto, eu sabia que você tava falando um monte de merda hoje à tarde. Eu só precisava saber se você realmente ia continuar com isso. Então, te segui. Adoro o GPS.

Ano passado, uma mulher chamada Kasey Dunkin desapareceu após sair com os amigos uma noite. Saiu em todos os jornais da cidade. A polícia conseguiu rastrear seu celular num depósito abandonado no Brooklyn, e, apesar de ela ter sido esfaqueada diversas vezes, ela conseguiu sobreviver. Drew e eu instalamos o mesmo programa nos nossos celulares logo no dia seguinte.

– Você me seguiu?

Ele me seguiu até o consultório da Bob. Ele sabe aonde fui. Isso significa...

– Claro. Sei onde você estava. Sei de tudo. Eu te vi, porra.

Ele sabe... Drew sabe que estou grávida.

E, claramente, não está feliz.

Minha voz fica mais alta ao falar, ganhando força.

– Sabe? – aponto para a mulher que está nos observando como se fossemos sua novela particular. – E é *assim* que você reage?

Drew parece confuso.

– Será que você me conhece um pouquinho pelo menos? Como você pensou que eu reagiria, porra?

Já vi Drew irritado antes.

Desatencioso.

Frustrado.

Mas, desta vez, ele está diferente.

Isso está sendo... cruel.

Ele me pergunta:

– Não vai nem tentar negar aquilo? Falar que eu estava tendo ilusões? – por um momento, seu rosto se enruga e ele parece... angustiado, como uma vítima de tortura que está prestes a abrir o jogo. – Kate, não vai me dizer que estou errado?

Ele pisca e o olhar angustiado desaparece. Tenho quase certeza de que já imaginei isso.

Pensando pretensiosamente.

Cruzo os braços no peito.

– Não vou conversar com você na frente de uma plateia.

Drew trava os dentes, teimoso.

– Vai terminar isso?

Meus pés se movem para longe dele, involuntariamente.

E minha mão cai em cima do meu abdômen, protegendo-o.

– O quê?

Ele repete, agindo impaciente com a minha surpresa.

– Eu perguntei se você vai terminar essa porra.

Politicamente falando, Drew é a favor do direito de escolha. Apesar de sua educação católica, ele respeita e ama as mulheres da sua família o bastante para não deixar que alguns homens velhos, na Colina do Capitólio, ditem o que elas podem, ou não podem, fazer com seus corpos.

Mas, emocionalmente, moralmente, falando, sempre achei que ele era a favor da vida. Portanto, o fato de ele estar parado lá, falando para eu abortar uma criança, *nossa criança*, é apenas... incompreensível.

– Não tive... não tive tempo de pensar nisso.

Ele sorri repreensivamente.

– Bom, é melhor começar a pensar, porque até que a sua indiscriçãozinha suma do mapa, não quero dar nem um maldito olhar para você, ou até mesmo conversar *qualquer coisa*.

Suas palavras batem em mim como uma rajada de vento em um dia frio. Daquela que te deixa sem ar.

Drew não é Joey Martino.

Ele é pior.

Porque ele quer que eu escolha. Me deu um ultimato. Como fez com o Billy.

Que porra ele tá falando, *minha* indiscrição? Como se tivesse feito tudo sozinha?

Aí engulo a sua raiva. Sua vingança. Tudo começa a fazer sentido.

– Acha que eu *planejei* isso? Que fiz isso de propósito?

Ele sorri, e até mesmo um surdo conseguiria ouvir seu sarcasmo.

– Não, claro que não. Essas coisas *apenas acontecem* às vezes, né? Mesmo que não tenha algum significado.

Abro a boca para argumentar, explicar, mas a risadinha da stripper me corta. Olho para ela.

– Saia da minha casa antes que te bote para fora com o resto do lixo.

Em situações como essa? Mulheres podem acabar com a outra mais rápido do que um vendedor de árvores na véspera do Natal. Mas não é apenas porque somos mesquinhas. Ou malvadas.

É porque é mais fácil ir atrás de uma desconhecida do que admitir que o verdadeiro problema está no homem que deveria te amar. Que deveria ser compromissado. Fiel.

E não foi.

Ela diz:

– Desculpa, queridinha, mas não é você quem está me pagando por este espetáculo. Eu vou para onde o homem com o dinheiro me mandar.

Drew coloca um braço ao redor da cintura dela e sorri, com orgulho:

– Ela não vai para lugar algum. Estamos apenas começando.

Encontro força para arquear a sobrancelha. E tento jogar também.

– Tá tendo que pagar agora, Drew? Que patético.

Ele sorri.

– Não se engane, amorzinho, também estive pagando durante os dois últimos anos. Você só foi um pouco mais cara do que as putas normais.

Devia saber disso. Discutir com Drew é como negociar com terroristas. Ele não tem limites, nada está fora de seu alcance. Não há profundezas que ele não chegaria para ganhar.

Então ele olha pensativo.

– Mas tenho que admitir que, apesar de como tudo terminou, você foi um dinheiro bem gasto. Principalmente naquela noite, na pia da cozinha – ele pisca –, valeu cada centavo.

Estou morrendo. Cada terrível palavra me corta como uma lâmina sobre a pele. Consegue ver o sangue? Pingando lentamente, após cada sílaba cruel. Prolongando, fazendo tudo se tornar mais doloroso do que seria necessário.

Você parece surpresa. Não deveria estar.

Drew Evans não queima pontes. Ele joga dinamite nelas. Dizima a ponte, as montanhas que ela conecta e qualquer outro ser vivo que, infelizmente, esteja em um raio de cinquenta quilômetros.

Drew nunca faz algo pela metade. Por que me destruir seria diferente?

Viro para andar pelo corredor, antes de me desmoronar na frente dele como uma pirâmide do Egito.

Mas ele agarra meu braço.

– Para onde vai, Kate? Fique por aqui, talvez possa aprender um novo truque.

Sabe quando a personalidade de alguém pode torná-lo mais atraente? Igual àquele jovem no Ensino Médio que, apesar da falta de músculos e das muitas espinhas, conseguiu andar com os alunos mais populares? Porque ele contava as piadas mais engraçadas e tinha as melhores histórias.

Gostaria de poder te falar que aquilo aconteceu ao contrário. Gostaria de lhe contar que as palavras do Drew, magicamente, transformaram seu rosto no monstro que ele parecia.

Mas não posso.

Olhe para ele.

Imagino que era assim que Lúcifer se parecia, quando Deus o expulsou do céu. Cruel e machucado.

Mas, ainda assim, completamente lindo.

Solto meu braço. E minha voz está muito alta, quase histérica.

– Não me toque! Nunca mais toque em mim!

Ele sorri lentamente, com uma imagem nítida de serenidade. Ele seca as mãos na calça, como se tivesse tocado em algo sujo.

– Isso não será um problema para mim.

Estou me sentindo mal. Vou vomitar em cima dos Bruno Magli pretos dele.

E não tem nada a ver com a gravidez.

Vou até o fim do corredor, me forçando a andar. Porque me recuso a deixar o Drew me ver fugir dele.

Mal consigo chegar até o banheiro.

Fico de joelhos e me seguro no vaso sanitário por um tempo. Uma unha quebra e fico pálida. Meu estômago se contrai e vomito violentamente. Sangue lateja nos meus ouvidos e ácido queima na minha garganta.

Tusso e soluço, mas meus olhos estão secos. Não há lágrimas.

Ainda não. Essa parte vem depois.

Como ele pôde fazer isso? Ele me disse que não iria... e eu confiei nele. Quando ele disse que me amava. Quando prometeu nunca me machucar.

Eu acreditei nele.

Nunca conversamos sobre filhos. Mas também nunca conversamos sobre *não* ter filhos. Se eu soubesse que ele agiria assim, teria sido mais cuidadosa. Teria...

Meu Deus.

Escuta o que estou falando. Meu namorado está na sala com outra mulher em seu colo, e eu estou sentada aqui pensando sobre todas as coisas que *eu* poderia ter feito para evitar isso?

E eu ainda chamei o *Drew* de patético.

Quando não tenho mais nada no estômago, me arrasto até a pia e me olho no espelho. Bochechas cheias de marcas e olhos vermelhos me olham de volta de uma face que nem reconheço.

Molho o rosto com água fria, diversas vezes. Drew pode ter me machucado, me tornado uma massa de vergonha e autorrecriminação, mas só o deixarei me ver assim quando o inferno ficar frio.

Entro no quarto, tropeçando, pego uma mala de lona no armário e, sem olhar, coloco qualquer coisa que vejo primeiro. Preciso sair daqui. Para longe dele. Ficar longe de tudo que me lembre dele.

Sei o que você está pensando: "*Sua carreira, tudo que você batalhou a vida toda, está jogando tudo fora*".

E você tem razão, estou. Mas nada disso importa mais. É como... como aquelas pessoas que se jogaram das torres no 11 de setembro. Elas sabiam que isso não as salvaria, mas o fogo estava muito quente e tinham que fazer algo, *qualquer coisa*, para se livrar da dor.

Fecho o zíper e coloco a mala no ombro. Em seguida, me apoio na porta e respiro. Uma. Duas. Três vezes. Eu consigo. Apenas preciso chegar até a porta. É apenas uma dúzia de passos.

Vou até o corredor.

Drew está sentado no sofá, pernas abertas, com os olhos observando a mulher se balançando na frente dele, com a garrafa de Jack ao seu lado. Me fixo em seu rosto. E, por um minuto, me lembro.

Sofro.

Vejo seu sorriso, naquela primeira vez no bar, tão charmoso, com um jeito de garoto. Sinto seus lábios, seu toque, a primeira vez que fizemos amor, aqui, neste apartamento. Todo o calor e o desejo. Revivo cada palavra carinhosa, cada momento amoroso desde aquela época.

E guardo tudo.

Em uma caixa de aço, banida para o canto mais longe da minha mente. Para ser aberta depois. Quando estiver pronta para me despedaçar.

Entro na sala e paro a apenas alguns passos do sofá. A ruiva continua dançando, mas não olho para ela. Meu olhar não sai do rosto de Drew.

Minha voz está áspera. Estridente. Porém, surpreendentemente determinada.

– Cansei. De você, de tudo isso. Não me procure daqui uma semana para se desculpar. Não me ligue para dizer que mudou seus pensamentos. Nós terminamos. E nunca mais quero te ver de novo.

Quantos pais já disseram para seus filhos adolescentes que estão de castigo para sempre? Quantos adolescentes já disseram para eles que nunca mais conversariam com eles outra vez?

Acabou. Para sempre. Nunca mais.

Palavras tão grandes. Tão resolutas.

Tão vazias.

Não queremos que elas, realmente, signifiquem aquilo. São apenas coisas que você diz quando está procurando por uma reação. Implorando por uma resposta. A verdade é que, se Drew viesse até mim amanhã ou no próximo mês, ou daqui seis meses, e me dissesse que havia cometido um erro? Que me queria de volta?

Eu o aceitaria imediatamente.

Então, entende agora o que estava dizendo antes? Não sou uma mulher forte.

Apenas sou boa em agir como uma.

A voz de Drew é brusca.

– Que bom – ele brinda comigo com a garrafa. – Tenha uma vida fodida de podre, Kate. E tranque a porta ao sair, não quero outras interrupções.

Queria te dizer que ele hesitou. Que seu rosto estava demonstrando um pouco de arrependimento ou seus olhos estavam com uma sombra de tristeza. Eu ficaria lá se houvesse.

Mas seu rosto estava vazio. Sem vida, como o boneco moreno do Ken.

Quero gritar. Quero sacudi-lo e bater nele e quebrar coisas. Quero, mas não irei. Porque se você tentar e acertar uma parede de tijolos, tudo o que ganhará será uma mão quebrada.

Por isso, pego a mala. Levanto meu queixo. E saio pela porta.

Capítulo 7

A característica que representa a personalidade do Tipo A é ter metas e estratégias para alcançá-las. Com certeza, sou do Tipo A.

Planejar é minha religião, e a lista das obrigações diárias é minha bíblia.

Mas, ao chegar até o meio do corredor do prédio que tem sido meu lar nos últimos dois anos, congelo. Porque pela primeira vez em minha vida, não tenho ideia do que fazer. Estou sem direção alguma.

E é aterrorizante. Parece sem peso, como um astronauta sendo cortado de sua âncora, deixando ser levado no espaço. Desolado. Condenado.

Minha vida gira em torno de Drew. E nunca pensei que precisaria de um plano B.

Primeiro, minhas mãos começam a tremer, depois os braços e joelhos. A batida do meu coração se eleva rapidamente e tenho quase certeza de que estou hiperventilando.

É adrenalina. A resposta de luta ou fuga é um fenômeno extraordinário. É agir sem pensar antes, um movimento que acontece sem a permissão do seu cérebro.

E a minha resposta está totalmente oscilante. Cada membro grita para eu me mexer. Para *ir*. Meu corpo não se importa para onde, para qualquer lugar longe daqui. *Corra, corra o quanto conseguir, você não pode me pegar, sou o Homem Gengibre.*

O Homem Gengibre teve sorte. Ele tinha alguém que o perseguia.

– Senhorita Brooks?

Não o escuto logo de primeira. O som do meu próprio pânico é muito ensurdecedor, como mil morcegos dentro de uma caverna fechada.

Em seguida, ele toca meu braço, me pondo de volta ao chão, trazendo-me à realidade.

– Senhorita Brooks?

O cavalheiro de cabelo grisalho, com olhos verdes cheios de preocupação e um elegante chapéu preto?

Esse é Lou, nosso porteiro.

Ele é um bom rapaz, casado há 23 anos, com duas filhas na faculdade. Já notou que a maioria dos porteiros se chama Lou, Harry ou Sam? Como se os nomes predeterminassem a profissão deles.

– Posso te ajudar com alguma coisa?

Se ele pode me ajudar com alguma coisa?

Uma lobotomia seria muito útil neste exato momento. Nada extravagante, apenas um picador de gelo e um martelo, e, felizmente, faria parte do clube das mentes sem lembranças.

– Está tudo bem, Senhorita Brooks?

Sabe aquele ditado: "É melhor ter amado e perdido do que nunca ter amado"? É asneira. Quem disse isso, não entendia porra nenhuma sobre amor. É melhor ser ignorante, é indolor.

Mas conhecer a perfeição, tocá-la, prová-la, respirá-la diariamente e depois tirarem isso de você? A perda é agonizante. E cada centímetro da minha pele dói por causa disso.

– Preciso... tenho que ir.

Sim, aquela foi minha voz. Uma versão atordoada e confusa, como uma pessoa ferida em algum grave acidente de carro, que fica dizendo para qualquer um que queira escutar que o farol estava verde.

Não era para terminar desse jeito. Não era nem mesmo para terminar. Ele escreveu nas nuvens para mim, lembra?

Para sempre.

Lou olha para a mala no meu ombro.

– Você tá indo para o aeroporto? Está atrasada para algum voo?

Suas palavras ecoam no saco sem fundo que está minha mente agora. *Aeroporto... aeroporto... aeroporto... voo... voo... voo.*

Quando os pacientes de Alzheimer começam a perder suas memórias, são as mais recentes que somem primeiro. As mais antigas, como o endereço da casa em que eles cresceram ou o nome da professora do segundo ano, ficam porque estão fixas. Elas fazem tão parte deles que a informação é quase instintiva, igual a saber como engolir.

Meus instintos me dominam agora. E começo a planejar.

– Sim... sim, preciso ir até o aeroporto.

Sabe algo sobre lobos? Eles são animais que andam em matilhas. Em famílias.

Exceto quando estão machucados.

Caso isso aconteça, o lobo machucado sai à noite sozinho, para não atrair predadores. E volta para a última caverna que o grupo ocupou. Pois lhe é familiar. Segura. Fica por lá para se recuperar.

Ou morrer.

– Lou?

Ele vira para mim na entrada.

– Preciso de papel e caneta. Tenho que enviar uma carta. Você pode enviá-la para mim?

Os porteiros da cidade de Nova York não só abrem portas. Eles fazem entregas, recebem entregas, protegem e ajudam com serviços domésticos.

– Claro, senhorita Brooks.

Ele me dá uma folha de papel e uma caneta esferográfica de ponta fina. Em seguida, sai para chamar meu táxi. Sento-me e escrevo de uma vez. Qualquer criança de nove anos pode te falar que este é o melhor jeito de arrancar um esparadrapo.

Parece um bilhete de suicídio. De certo modo, acho que é.

Para minha carreira.

Sr. John Evans,

Devido às inesperadas circunstâncias pessoais, não poderei mais cumprir o meu contrato com a Evans, Reinhart e Fisher. Por meio desta, envio minha carta de demissão sem aviso prévio.

Lamentavelmente,

Katherine Brooks.

É fria, eu sei. Mas profissionalismo é o único escudo que me restou.

Sabe, para uma menina, há algo especial em relação à aprovação de um pai. Talvez seja algum resquício evolutivo da época em que filhas eram apenas propriedades para serem trocadas e vendidas para quem desse mais. Não importa a razão, a aprovação de um pai é importante, tem mais valor.

Quando tinha dez anos, o Departamento de Parques e Recreação de Greenville realizava testes para a Liga dos Jovens. Sem ter um filho para investir em beisebol, meu pai passou seu tempo me ensinando os pontos mais importantes deste jogo. Eu era uma moleca, então não foi difícil.

Naquele ano, meu pai achava que eu era boa demais para jogar apenas softbol com as outras garotas. Achava que a liga dos meninos seria um desafio melhor.

E eu acreditei. Pois *ele* acreditava nisso.

Pois ele acreditava em mim.

Billy riu da minha cara, disse que acabaria com o nariz quebrado. Deloris foi assistir e ficou pintando suas unhas na arquibancada. Entrei na equipe. No final da temporada, consegui o melhor recorde de arremesso da liga toda. Meu pai ficou tão orgulhoso, até colocou meu troféu ao lado da caixa registradora do restaurante e ficava se gabando para quem quisesse ouvir. Até mesmo para aqueles que não queriam.

Três anos depois, ele faleceu.

E foi devastador, pois, como um cego que já pôde ver, eu sabia exatamente o que estava perdendo. Nunca mais joguei beisebol de novo.

Mais tarde, conheci John Evans. Ele me elegeu, escolheu, entre mil candidatos. Ele promoveu minha carreira. Tinha orgulho de cada acordo que fechava, cada sucesso que conseguia.

Por um momento, senti como se tivesse um pai outra vez.

John me trouxe até Drew. E nossas vidas se entrelaçaram, como hera em volta de uma árvore. Sabe como é... Sua família se tornou a minha e tudo aquilo que vem com isso. As advertências da Anne, a proteção de Alexandra, as piadas do Steven, as provocações de Matthew... a meiga Mackenzie.

E agora perdi tudo isso também.

Porque apesar de achar que eles não vão concordar com o que o Drew fez, com a maneira como ele me tratou, você conhece o ditado: o amor de uma família é mais forte do que tudo. Então, no final das contas, não importa o quanto achem repugnantes as atitudes de Drew, eles não vão ficar do meu lado.

– Senhorita Brooks, seu carro está lá fora. Está pronta?

Antes de dobrar a carta, rabisco duas palavras embaixo da minha assinatura. Duas palavras inadequadamente dolorosas.

Me desculpe.

Forço, então, minhas pernas para me levantar e dou o envelope com o endereço para Lou. Vou até a porta.

Atrás de mim, o elevador faz barulho. Paro e viro para as duas portas grandes douradas.

Espero.

Com fé.

Por que é assim que sempre acontece nos filmes, né? *Alguém muito especial, A garota de rosa shocking* e em todos aqueles outros filmes do John Hughes, que cresci assistindo. Um pouco antes de a mulher ir embora ou entrar no carro, o homem vem correndo.

Perseguindo-a.

Gritando seu nome.

Falando que aquilo não foi nada. Nadinha.

E, então, eles se beijam. E a música toca e os créditos rolam.

É o que quero agora. Aquele final feliz que todo mundo sabia que aconteceria.

Seguro minha respiração. E as portas se abrem.

Quer adivinhar quem está lá? Vá em frente, eu espero.

.

.

.

.

.

.

.

.
.
.
.
.
.
.
.
.

Está vazio.

Sinto meu peito desmoronar por dentro. Começo a respirar rapidamente, ofegando através da dor, como quando você torce o tornozelo. Minha visão embaça quando as portas do elevador lentamente se fecham.

Parece tão simbólico.

Acho que agora tenho que fechar minhas próprias portas, não é?

Seco os olhos. E fungo. Arrumo a mala no meu ombro.

– Sim, Lou. Agora, estou pronta.

Capítulo 8

Anta.

Dizem que a mágoa é um processo. Com fases.

Babaca.

E que separações são parecidas com a morte. O falecimento da pessoa que você era, da vida que você tinha planejado ter.

Cretino.

A primeira fase é a da surpresa. Desânimo. Como uma daquelas árvores de uma floresta depois que um incêndio a estragou: queimada e oca, mas, ainda assim, continua em pé.

Como se alguém tivesse se esquecido de lhe contar que ela deve se deitar quando está morta.

Descarado.

Quer tentar adivinhar qual é a segunda fase?

Ah, claro, é a raiva.

O que você me causou, estou melhor sem você, nunca gostei de você mesmo: raiva.

Estúpido. Não, isso é bobagem. *Escroto.*

Melhor.

O alfabeto de xingamentos? É um jogo que Deloris e eu inventamos na faculdade. Para descarregar nossa frustração contra os professores intocáveis e severos, que estavam dificultando nossas vidas.

Pode participar, se quiser. É catártico.

E, por algum motivo, muito mais fácil quando você está no ensino superior.

Filho da mãe.

Bom, do que estava falando mesmo? Claro, raiva.

Gentalha.

Fúria é bom. Fogo é combustível. Vapor é poder. E a ira te mantém em pé, quando tudo o que gostaria de fazer é se enrolar em uma bola no chão, como um tatu assustado.

Hipócrita.

Aqui vai um fato para você: homens casados vivem dez vezes mais do que os solteiros. Mulheres casadas, no entanto, morrem oito anos antes do que as solteiras.

Está surpresa? Eu também não estou.

Idiota.

Pois homens são parasitas. Aqueles sugadores na floresta tropical, que entram pela sua genitália, depois depositam ovos nos seus rins.

E Drew Evans é o maior deles.

Jumento.

A comissária de bordo me oferece uma bebida de cortesia.

Estou no avião. Não mencionei isso?

Não aceito a bebida, estou tentando evitar o banheiro do avião. Tem muitas memórias lá. Memórias alegres, adoráveis.

Ketchup.

Sabe, Drew não gosta de voar. Ele nunca assumiu isso, e esse medo nunca o impediu de voar, mas eu percebia.

Voar exige que você entregue as rédeas para alguém, que deixe de lado a ilusão de controle. E sabemos que Drew tem problemas de controle suficientes para encher todo o Grand Canyon.

Antes da decolagem, ele costumava ficar mal-humorado. Tenso. Em seguida, depois que o sinal do cinto do assento desligava, ele sugeria uma viagem conjunta até o lavatório. Para aliviar a tensão um pouco.

Nunca podia recusar.

O Clube dos que Transam no Avião? Faço parte agora.

Louco.

Depois que o carrinho passa por mim, reclino o assento e fecho os olhos. Penso no que toda mulher desprezada sonha.

Em vingança.

Sofrimento.

Castigo.

Mulherengo.

Não que eu vá dar uma de Lorena Bobitt, aquela que cortou o pênis do marido. A arma mais poderosa de uma mulher é a culpa, muito mais letal do que um facão. Então, os cenários da minha vingança giram em volta da... morte.

Minha morte.

Às vezes, morro de câncer, outras de parto. Mas em cada sonho, Drew bate na porta do meu leito de morte, implorando para entrar, para me dizer como ele estava estupidamente errado.

O quanto ele estava arrependido.

Mas ele sempre chega muito tarde. Já fui embora. E saber daquilo o destrói, o deixa acabado. Arruinado.

A culpa o consome lentamente, como um dente em um copo de coca-cola.

Neurótico.

Ele passa o resto da sua vida sozinho, vestindo roupas pretas, como um velho italiano de oitenta anos.

Otário.

Sorrio.

É um ótimo pensamento.

Pão-duro.

Este é um adjetivo composto.

Deloris ficaria tão orgulhosa.

Quadrúpede.

Ah, claro, ele foi muito.

Ridículo.

Sabe, acho que é melhor assim. Sem brincadeira. Se eu analisar a situação objetivamente, acho que estou melhor assim.

Drew me fez um favor.

Sacana.

Apesar de ele querer brincar de se fantasiar de adulto com os ternos do papai, sabe? Emocionalmente falando, ele é um adolescente. Uma criança.

Traidor.

Aquelas com quem ninguém quer brincar, sabe? Pois se o jogo não acontecer do jeito que ela quer, ela estraçalha o tabuleiro.

Úlcera.

E quem merece isso?

Eu que não. Não, senhor. Mereço mais.

Vagina.

Vou passar por isso. Sou a porra da Kate Brooks.

Vou superar.

Vou sobreviver

Vou perseverar.

Workaholic.

Mesmo que seja apenas para ter ódio dele. Teimosia é meu sobrenome.

Xarope.

Estava bem antes do Drew aparecer na minha vida, e continuarei bem depois dele.

Não é porque nunca fiquei sozinha, que não conseguirei.

Eu. Não. Preciso. Dele.

Sério.

Yakisoba.

Se convenceu?

Zero à esquerda.

É.

Eu também não.

Sei o que você deve estar pensando. *Por quê?* Essa é a grande dúvida, certo? Aquela que Nancy Kerrigan[3] ficou famosa por ter inventado.

3 Nancy Kerrigan foi uma atleta da patinação norte-americana. Ela foi atacada a mando de uma rival e algumas câmeras de segurança registraram o momento em que ela gritava "Why? Why? Why?". (N. E.)

Aquela que todos querem que seja respondida quando acontece uma tragédia.

Por quê? Por quê? Por quê?

Seres humanos gostam de explicações. Precisamos de razões, algo para pôr a culpa. As barragens eram muito baixas, o motorista estava bêbado, a saia dela era muito curta – é uma lista interminável.

A viagem de Akron para Greenville demora umas três horas. É muito tempo para dirigir. E para pensar. Passei a viagem toda pensando no *por quê*.

Se tivesse que fazer tudo isso de novo, perguntaria para ele. Gostaria de poder dizer que tudo não passou de um terrível erro. Um desentendimento, como em *Romeu e Julieta* ou em *Amor, sublime amor*.

Mas sério, quais são as chances disso? Se tivesse que chutar, diria que Drew apenas não estava pronto para crescer, para assumir aquele nível de responsabilidade. De comprometimento.

Olhe para minha mão. Você vê uma aliança? Isso não é um acidente.

Ele é um ótimo tio para Mackenzie. Dedicado. Cuidadoso. O tipo de homem que brigaria com outro comprador pela última boneca da loja, dois dias antes do Natal. Ele faria qualquer coisa por ela.

Mas ser pai é diferente. Tudo *depende* de você e quase nunca mais é *sobre* você. E acho que essa é a parte que Drew não aguentaria.

Pessoalmente, culpo Anne e Alexandra. Não me entenda mal, elas são ótimas, mas... deixa eu te explicar melhor: no último verão, Alexandra levou todo mundo para a casa de campo dos pais para o aniversário da Mackenzie. Drew e eu chegamos atrasados porque paramos em uma estrada deserta para dar uns amassos.

Aliás, sexo no carro? É uma coisa maravilhosa. Caso queira se sentir jovem e desinibida, faça no banco traseiro. Mas estou só divagando.

Bom, estávamos lá, nos divertindo na piscina, aí me levantei para pegar um pedaço de pizza. Mas o Drew se levantou? Claro que não. Sua mãe já tinha esquentado um pedaço crocante e fresco na cozinha pra ele. E sua irmã o trouxe para ele na cadeira da piscina, com uma cerveja gelada.

Ele tinha quebrado as pernas? Estava sofrendo algum tipo de ataque precoce de mal de Parkinson, que lhe impossibilitou de esquentar sua própria comida? Ou, Deus do céu, comê-la fria? Não. Esse é apenas o jeito como elas o tratam, como sempre foi.

Mimando. Estragando.

E não consigo deixar de pensar que, se Anne e Alexandra o deixassem pegar a porcaria da pizza de vez em quando, talvez ele pudesse ter aceitado a notícia um pouco melhor. Pudesse estar mais preparado.

Mas, no final das contas, isso não importa. Saber o motivo não muda nada. Então, enquanto passava pela placa de SEJA BEM-VINDO A GREENVILLE, prometi que nunca mais me questionaria do por quê. Não perderia meu tempo.

Mas sabe de uma coisa? Deus tem um senso de humor doentio.

Pois, daqui a alguns dias, eu estarei me perguntando o por quê *novamente*. Por uma razão completamente diferente e infinitamente mais devastadora. Lamento ser a pessoa a te contar isso, mas, sim, isso fica muito pior.

Você vai ver.

Já visitou sua escola anos depois de ter se formado?

As carteiras, janelas e paredes continuam iguais... mas, de algum modo, diferentes? De algum jeito, menores.

É assim que me sinto.

Dirigindo pela avenida principal, no caminho até minha casa, tudo está exatamente como me lembro... mas não está. A cobertura vermelha do lado de fora da loja de ferragens do senhor Reynold está verde agora. A farmácia Falcone mudou para Rite Aid. Mas a chamativa palmeira rosa ainda está na janela do Salão de Beleza da Penny, onde Deloris e eu fizemos nossas unhas antes do baile de formatura. O velho banco verde do parque também continua lá, fora do restaurante dos meus pais, onde costumava prender minha bicicleta depois da escola.

Estaciono o carro e saio, com minha mala de viagem no ombro. É um pouco depois do meio-dia e o sol está forte e quente, o ar está com cheiro de areia e torta assando. Atravesso a rua e abro a porta. O barulho de conversa se acalma assim que paro na entrada, e uma dúzia de rostos familiares e amigáveis me examina.

A maioria das pessoas neste lugar me conhece desde que nasci. Para elas, sou a filha do Nate e da Carol, a garota de cabelo preto com tranças, que se deu bem. Que superou as dificuldades financeiras e deixou sua família orgulhosa. Sou a história de sucesso que as professoras da escola contam para seus alunos, com a esperança de que possam inspirá-los a sonhar com coisas melhores do que a fábrica de automóveis pode lhes oferecer.

Forço meus lábios para sorrir educadamente, acenando e cumprimentando brevemente ao passar pelas mesas, em direção à porta dos fundos. Está vendo a placa?

SOMENTE FUNCIONÁRIOS.

Respiro profundamente. E toda a raiva que me fez continuar, que me trouxe até aqui, vai embora. Uma exaustão me sobrecarrega. E me sinto esgotada, vazia. Meus membros estão sem ossos, como se tivesse acabado de passar pela linha de chegada em uma maratona íngreme de dez quilômetros.

Empurro a porta. E a primeira coisa que vejo é minha mãe, apoiada na mesa, analisando uma lista de entregas de produtos.

Ela é linda, não é? Sei que a maioria das filhas acha as mães bonitas, mas a minha realmente é. Seu cabelo castanho escuro está preso num rabo de cavalo bem alto, igual ao meu. Sua pele é clara e limpa, com pouquíssimas rugas em volta dos lábios e olhos. Se rugas forem coisas hereditárias, então ganhei na loteria.

Mas, além de sua aparência, minha mãe também é linda por dentro. Parece clichê, mas é verdade. Ela não muda nunca. Inabalável. Confiável. A vida nunca foi muito fácil para ela. Mas ela seguiu em frente, continuou, com dignidade e misericórdia. Minha mãe não é otimista. Ela é impassível, como uma estátua que continua em pé mesmo depois de um furacão.

A porta bate atrás de mim e ela levanta a cabeça. Seus olhos brilham e ela dá um grande sorriso.

– Kate! – ela encosta a lista e vem até mim.

Ela nota meu rosto. E os cantos de seu sorriso caem como uma pena no vento. Sua voz se aquieta e fica cheia de preocupação.

– Kate, qual é o problema?

Meus braços se cansam e a mala cai no chão.

Ela dá outro passo.

– Katie? Querida? O que aconteceu?

Bom, esta é uma ótima pergunta. Devia responder, mas não consigo. Porque minhas mãos estão cobrindo meu rosto. E o único som que escapa de meus lábios são soluços ofegantes.

Seus braços me puxam, fortes e quentes, e com cheiro de amaciante. E ela me abraça, apertado e seguramente, apenas como uma mãe consegue.

Você se lembra da caixa de aço? Sim, está aberta agora. E tudo o que aconteceu começa a sair rapidamente.

Capítulo 9

Dizem que o ser humano passa, em média, um terço de sua vida na cama.

Oito mil trezentos e trinta e três dias. Duzentas mil horas.

Por que estou te contando isso? Porque você nunca devia se sentir mal em gastar dinheiro com roupas de cama decentes. Um bom cobertor é inestimável. Quando você é criança, ele te protege do bicho-papão. E quando você não é mais tão jovem, mantém seus velhos ossos quentes.

Minha mãe puxa meu edredom para cima até meu queixo, me prendendo na minha velha cama, igual a uma criança de seis anos durante uma tempestade.

Depois do meu ataque na copa, ela me trouxe aqui em cima para o apartamento pequeno, porém fofo, de dois quartos sobre o restaurante onde fui criada. Onde minha mãe ainda vive. O lar da minha juventude.

Ela seca as lágrimas que escorrem pelas minhas bochechas. Soluço e gaguejo:

– S-s-sou... t-ã-ã-o... bu-rr-r-a.

Fui oradora da minha turma do Ensino Médio. Me formei na Faculdade de Administração Wharton.

Ignorância não é algo que conheço. Então, não consigo deixar de achar que deveria saber, deveria ter previsto que isso iria acontecer.

Afinal, vivi com Drew durante dois anos. Quanto tempo leva para um leopardo mudar de lugar?

Ah, claro, eles não mudam.

Minha mãe tira meu cabelo do rosto.

– Acalme-se, Katie.

Meus olhos estão inchados e meu nariz entupido, fazendo com que minha voz fique nasal e parecida com a de uma criança.

– O q-que... i-rr-rei... f-f-azer, mãe?

Ela sorri tranquilamente, como se tivesse todas as respostas. Como se tivesse o poder de levar embora qualquer machucado – até mesmo este –, tão fácil... Igual quando ela costumava mandar embora a dor das minhas canelas inchadas e dos meus joelhos ralados.

– Você vai dormir agora. Está muito cansada.

Ela continua passando os dedos no meu cabelo. É consolador. Relaxante.

– Durma agora... vá dormir, minha queridinha.

Meu pai me ensinou a tocar violão, mas a voz puxei a da minha mãe. Deitada na cama, fecho meus olhos pesados enquanto ela canta. Está cantando uma música da Melissa Etheridge sobre anjos que sabem que tudo vai ficar bem. É a mesma música que ela cantou para mim na noite em que meu pai morreu, a noite em que ela dormiu comigo nesta cama. Porque ela não aguentaria dormir na cama deles, sozinha.

Com a voz da minha mãe em meus ouvidos, eu finalmente esqueço.

E pego no sono.

Sabe quando está com febre? Aí você fica deitado na cama, e vira e remexe os lençóis em volta das suas pernas? Você não está realmente dormindo, mas também não está acordado. Tem alguns momentos em que está consciente, quando abre os olhos e percebe, meio desorientado, que está escuro lá fora. Mas, na maior parte do tempo, tudo é apenas um borrão nebuloso.

Foi assim que os próximos dois dias passaram para mim. Uma montagem de luz solar e luar, de lágrimas e vômitos e bandejas de comida sendo tiradas sem terem sido tocadas.

Os momentos naquele espaço entre insônia e letargia foram os piores. Quando comecei a acreditar que tudo aquilo eram apenas alguns pesadelos horríveis, invocados por tanto assistir a reprises de *Barrados no Baile*. Sentia um travesseiro nas minhas costas e jurava que era o Drew atrás de mim. Ele me acorda do melhor jeito, é nossa tradiçãozinha. Toda manhã, ele se aperta atrás de mim e sussurra em meu ouvido, me venerando com suas palavras e mãos.

No entanto, depois abria os olhos e via que o travesseiro era apenas um travesseiro. E parecia que, a cada nova casca formada que era arrancada, eu sangrava um pouco mais.

Não existem palavras para descrever o quanto sinto falta dele. Nenhuma que poderia chegar próximo.

Eu sofria ao me lembrar de seu sorriso, seu cheiro, sua voz.

Imagine que um carro está andando a noventa quilômetros por hora em uma rodovia do interior e uma árvore cai e bate nele. *Bum* – parada instantânea. Mas, se a pessoa que está no carro não estiver usando o cinto de segurança? Ela continua a noventa.

E é assim que é o amor.

Não para. Não importa o quão machucado ou errado ou nervoso você esteja, o amor ainda está lá.

Te jogando pelo para-brisa.

Na noite do segundo dia, abro os olhos e olho pela janela. Está garoando.

Isso se ajusta com a nuvem negra sobre a minha cabeça e tudo mais.

Daí, escuto a porta do quarto se abrir. Viro para o lado.

– Mãe, você poderia...

Só que não é minha mãe quem está parada lá. Fico quieta, um pouco surpresa.

– Ah, oi, George.

Você se lembra de George Reinhart, né? O pai viúvo do Steven? Ele e minha mãe estão juntos. Eles se conheceram no casamento do Matthew e da Deloris.

Não se preocupe, também tentei esquecer essa parte.

Mas eles têm ficado mais sérios de um ano pra cá. Apesar dos grandes esforços do George, minha mãe não quer se mudar para Nova York. Ela fala que Greenville é seu lar, que gosta de sua independência. Por isso, George vem pra cá frequentemente para visitá-la, às vezes durante semanas. E minha mãe faz o mesmo quando pode.

George é um bom homem. Ele é parecido com o James Stewart, em *A felicidade não se compra*, um pouco estúpido, claro, mas decente. O tipo de homem que você gostaria que cuidasse da sua mãe.

Seus óculos estão um pouco tortos em seu rosto, enquanto segura a bandeja.

– Sua mãe está atolada lá embaixo, mas ela achou que você gostaria de um pouco de chá.

Conduzir seu próprio negócio não é tão fácil quanto parece. É lógico que você é o seu próprio chefe, mas isso significa que não pode ligar para falar que está doente, não dá para vagabundear. E caso um funcionário não apareça? É você quem tem que assumir o cargo.

George se esforça ajudando com o restaurante. Na semana passada, minha mãe teve que levar o cozinheiro para o hospital, depois que ele cortou a mão descascando batatas. George, então, tentou ficar no seu lugar.

Ninguém se machucou, mas os bombeiros tiveram que vir para apagar as chamas e o restaurante acabou fechando mais cedo por causa da fumaça.

Ainda assim, o que vale é a intenção.

Sento e arrumo os travesseiros atrás de mim.

– Adoraria um pouco de chá. Obrigada.

Ele coloca a bandeja no meu criado-mudo e me dá uma xícara quente. Em seguida, seca as mãos na calça, um pouco nervoso.

– Posso me sentar?

Dou um gole e aceno. George cai no pufe ao lado da minha cama. Ele arruma os óculos e se mexe para se ajeitar.

Quase sorrio.

Ele me olha por alguns segundos, tentando encontrar um jeito de começar. Eu lhe poupo o trabalho.

– Minha mãe te contou, né?

Ele acena, sério.

– Não fique brava com ela. Ela está preocupada, Kate. Ela precisava desabafar. Nunca espalharia suas informações pessoais para outras pessoas – ele tamborila a cabeça com um dedo. – Está guardado a sete chaves.

Isso me faz rir, pois me lembra tanto o seu filho, Steven.

Em seguida, meu sorriso se desvanece, porque me lembra muito o Steven.

– John me ligou. Perguntando sobre você. Eu falei para ele que você estava aqui.

Meus olhos se abrem bruscamente. Questionando.

– Não disse a razão de você estar aqui, não exatamente. Disse que você estava exausta. Esgotada. Na nossa área, isso não é muito fora do normal.

Não tenho um plano com relação aos Evans. Tecnicamente, vou ter um neto deles, uma parte da família deles. E mesmo que o filho deles se sinta indiferente quanto a isso, não tenho dúvidas de que Anne e John vão querer fazer parte da vida do bebê.

Mas não posso pensar nisso. Ainda não.

George continua.

– Ele falou que é para você ligar para ele quando estiver melhor. E queria que eu te dissesse que ele, sem dúvidas, rejeita sua demissão.

Arqueio as sobrancelhas.

– Ele pode fazer isso?

George encolhe os ombros.

– John faz o que ele quiser.

Meu Deus, parece com alguém que conheço.

– Ele disse que não pode perder os dois melhores bancários de investimento.

Calma, *os dois*?

– Como assim? O Drew não tem ido trabalhar?

Uma chama pequena e esperançosa queima em meu estômago. Talvez Drew esteja tão acabado quanto eu. Talvez ele tenha entrado em estado de hibernação novamente, como fez na última vez.

George, rapidamente, extingue minha pobre pequena chama.

– Não, não, ele tem ido lá...

Droga.

– ... na verdade, duas vezes. E mais bêbado que um estivador de folga, pelo que eu sei. Quando John perguntou para ele sobre a sua carta de demissão, Drew falou para ele cuidar da vida dele, claro do jeito mais carinhoso possível. Nem preciso dizer que seu futuro na empresa está... em jogo... no momento.

Interpreto esta informação do único modo possível, considerando quem estava com Drew na última vez que o vi.

– Uau. Ele deve estar aproveitando bastante, se ainda está bêbado na manhã seguinte.

George inclina a cabeça para o lado.

– Não entenderia as coisas desse modo, Kate.

Travo minha mandíbula, teimosa. E minto.

– Não importa. Não me importo mais.

Há um minuto de silêncio, e George fita a estampa da xícara de chá. Depois, junta os lábios. Sua voz se acalma, fica com tom de respeito, como se estivesse falando numa igreja.

– Não sei o quanto Drew te contou sobre a minha Janey.

Na verdade, bastante. Janey Reinhart foi uma mulher maravilhosa: meiga, brilhante e gentil.

Ela foi diagnosticada com câncer de mama quando Drew tinha dez anos e lutou contra ele por quatro. Drew me contou que o dia em que ela faleceu foi quando ele percebeu que coisas ruins realmente acontecem, e não apenas para as pessoas nos jornais.

– Quando ela morreu... eu queria morrer também. E eu teria morrido, se não fosse pelo Steven. Porque as crianças servem para isso, Kate. Renovação da vida.

Sei que ele quer meu bem. Eu realmente sei. Mas não posso aguentar isso. Não estou pronta para lidar com o discurso do quanto sou sortuda por estar grávida.

E sozinha.

– Mas... ainda assim... foi horrível. Durante uma época, era um momento pior que o outro. Steven tem os olhos da mãe. Olhar para ele é como olhar para Janey. E tinham alguns dias, alguns muito ruins, em que quase o odiei por isso.

Engulo uma respiração rápida. Essa não é a conversa animada pela qual estava esperando.

– Mas, o tempo passou. E as coisas ficaram... suportáveis. Ganhei uma nora e uma linda neta. Com o tempo, não doía mais para respirar.

Meus olhos se enchem de lágrimas. Entendo o que ele quer dizer. Conheço aquela dor.

– Foi só quando conheci sua mãe que aquela parte minha que morreu com Janey reapareceu. Foi quando me senti completo novamente.

Esfrego os olhos para secá-los e caçoo.

– Então, o que está querendo me dizer, George? Vou encontrar outro Drew de novo? Só que vai demorar uns quinze anos ou mais.

Amargura? Nada atraente. É, eu sei.

George mexe a cabeça lentamente.

– Não, Kate. Você nunca encontrará outro Drew. Como eu nunca encontrarei outra Janey, e sua mãe nunca terá outro Nate. Mas... o que estou tentando te falar é que... o coração se cura. E a vida continua... e te traz isso... mesmo que você não queira seguir em frente.

Mordo o lábio inferior. E aceno. Coloco a xícara de volta na bandeja, terminando a conversa. George se levanta do pufe e pega a bandeja. Ele anda até a porta, mas vira para mim antes de sair.

– Sei que você, provavelmente, não quer escutar isso, mas... conheço o Drew há muito tempo. Eu o vi crescer com Matthew, Steven e Alexandra. Não estou o defendendo, não tenho ideia do porquê ele fez essas escolhas. Mas... só posso sentir pena dele. Pois, um dia, ele abrirá os olhos e perceberá que cometeu o maior erro da sua vida. E, por eu amá-lo como um filho, a dor que ele sentirá nesse dia... bom... vai doer no meu coração também.

Ele está certo.

Não quero ouvir isso. Não tenho paciência para sentir pena do Drew.

Mas agradeço seu esforço.

– Estou muito feliz de você estar com minha mãe, George. Agradeço por ela ter você. Obrigada.

Ele sorri, docilmente.

– Estarei por perto. Chame se precisar de alguma coisa.

Aceno. Ele fecha a porta ao sair.

Quero me sentir tocada pelo que George disse. Inspirada. Motivada a me levantar desta cama. Mas estou apenas muito... cansada. Então, deito, me cubro com minha cabana de cobertor e durmo.

No terceiro dia, me levanto de novo.

Não me restam mais muitas opções. Ficar deitada e sentindo seu próprio fedor não é muito eficaz para animar os espíritos. Ah, e continuo tendo enjoos matinais, como um relógio, no mesmo balde que minha mãe costumava colocar ao lado da minha cama quando estava com virose. *Delícia*. Além disso, tenho quase certeza de que, se eu apertar meu cabelo, terei óleo suficiente para abastecer uma grande frigideira no McDonald's.

É, acho que é hora de sair da cama.

Me arrasto até o banheiro, com movimentos tesos e lentos. Tomo um banho longo e quente, quase escaldante. E o vapor cresce atrás de mim quando volto ao quarto.

Minha mãe guarda tudo. Não igual àqueles acumuladores que você vê nos programas do Discovery, mas ela guardou todas as recordações que não levei comigo para a faculdade.

Está vendo? Naquelas prateleiras recentemente limpas? Troféus da Liga dos Jovens, medalhas das feiras de ciências e faixas de campeonatos, próximos a fotos molduradas minhas, da Deloris e do Billy na colação de grau, no Dia das Bruxas e na festa de dezoito anos da Deloris.

Tiro meu pote de creme da bolsa, mas quando sinto o cheiro, congelo. Baunilha e lavanda. O cheiro favorito do Drew. Ele não resiste a isso. Às vezes, ele arrasta seu nariz até minhas costas, fungando e fazendo cócegas em mim.

Meu peito se aperta. E jogo o pote no lixo.

Ao olhar de relance a minha bolsa, vejo meu celular. Estava embaixo do creme, como se estivesse se escondendo ali de propósito.

Está desligado desde o voo. Penso em ligar para Deloris, mas rapidamente descarto esta ideia. Por que arruinar as férias dela, para que ela possa voltar correndo para cometer um assassinato premeditado?

Beleza, você tem razão, estou mentindo. Ainda não liguei para Deloris porque tem uma pequena, encolhida, parte de mim que espera que o Drew mude de ideia. Que ele vai encontrar um jeito de arrumar isso. E não terei que dar uma razão para minha melhor amiga odiá-lo. Na verdade, outra razão.

Ligo o telefone e tem quatro mensagens esperando por mim. E lá está de novo.

Esperança. Está começando a ficar um pouco patético, né?

Mordo o lábio e dou um suspiro firme. E esmurro meu código, rezando a todos os anjos e santos para que a voz de Drew saia pelo áudio.

Mas é claro que isso não acontece.

"*Kate? É a Alexandra. Preciso que você me ligue logo.*"

Não sei por que estou surpresa. Alexandra tem um sexto sentido em relação a Drew. Não me leve a mal, ela é a primeira a lhe dar um sermão quando ele faz algo errado. Mas se ela acha que ele está com problemas? Ela se joga como a Batgirl numa confusão.

"*Kate? Cadê você e que merda está acontecendo com meu irmão? Me ligue.*"

Drew e Alexandra são bem parecidos. Fico me perguntando se é por causa da genética. Um prazer tardio não é popular entre as crias dos Evans.

"*Kate Brooks, não ouse ignorar as minhas ligações! Não sei o que aconteceu entre você e o Drew, mas você não pode apenas abandonar alguém deste jeito! Deus do céu, qual é o seu problema? Se esta é sua verdadeira cara, então... ele está melhor sem você!*"

Aparentemente, nem estabilidade emocional. Gostaria de dizer que o que ela diz não me incomoda, mas estaria mentindo. Aquela última parte me machucou.

Lá vem a última mensagem.

"*Kate... é a Alexandra de novo...*"

Desta vez, a voz está diferente. Com menos urgência e impaciência. Quase como um sussurro.

"... me desculpe. Não deveria ter gritado daquele jeito. É que estou preocupada. Ele não fala comigo, Kate. Ele nunca ficou sem falar comigo. Não sei o que está acontecendo entre vocês dois... e não preciso saber, mas... apenas... volte? O que quer que tenha acontecido... onde quer que esteja... sei que vocês podem arrumar isso. Não precisa me ligar... apenas... por favor... volte para casa. Ele te ama, Kate... e muito."

Fico olhando para o telefone, respirando profundamente. Claro que Drew não fala com ela. Ele não vai conseguir olhar no olho da irmã grávida e dizer que me deu um fora porque também estou grávida.

Ele é muita coisa. Mas ser burro não é uma delas.

Jogo o telefone para o outro lado do quarto como forma de me preservar, porque *quero* ligar. *Quero* voltar. Mas parece que ainda me restou dignidade, mesmo que apenas um pouquinho. Por que eu deveria fazer as pazes? Não fui eu quem começou a briga. John sabe onde estou agora. Se Drew me quer, não será difícil me encontrar.

Empurro as mãos pelo meu cabelo, que seca rápido, e abro a porta do armário. E lá, me encarando, está meu velho e bom uniforme de garçonete: saia xadrez, blusa de renda, chapéu branco de caubói.

Faz dez anos desde a última vez que o vesti. Tiro o cabide, sorrindo. Tive bons momentos com este uniforme.

Tempos fáceis, descomplicados.

Visto, como uma noiva provando o seu vestido um ano após o casamento, só para ver se ainda serve. E serve. Ao me olhar no espelho de corpo inteiro, sei o que vou fazer. Porque é bom ter uma rotina. Qualquer rotina. Até mesmo uma velha.

Não tenho um plano para o resto da minha vida.

Mas, pelo menos, tenho um para o resto do dia.

Sentindo-me bem menos como um cadáver do que nos últimos dias, sigo até as escadas do fundo que levam até a copa. No segundo degrau, escuto minha mãe e George conversando lá embaixo.

Preparem-se, isso é um bafo.

– Foda-se ele! Quem ele acha que é? Quando Billy e Kate terminaram, fiquei aliviada, até um cego podia ver que eles cresceram separados. E quando... quando ela me apresentou para o Drew, pensei que ele era perfeito para ela. Que era mais... parecido com ela. Uma parte do mundo em que ela vive hoje. E o modo como ele olhou para ela, George. Estava na cara que ele a adorava. Como ele pode *tratá-la* desse modo?!

George fala tranquilo. Compreensivo.

– Eu sei. Eu...

Minha mãe o corta, e imagino que ela esteja andando de um lado pro outro.

– Não! Não. Ele não vai escapar dessa. Vou... vou ligar para a mãe dele!

George suspira.

– Não acho que Kate gostaria que fizesse isso, Carol. Eles são adultos...

Minha mãe fala mais alto, com um tom mais agudo e de defesa.

– Ela não é uma adulta pra mim! Ela é minha filhinha! E está sofrendo. Ele a machucou... e... não sei se ela vai superar isso. É como se ela tivesse apenas... desistido.

Escuto uma mão bater numa mesa de madeira.

– Aquele... trastezinho! Ele é um traste desbocado e insolente. E não vai se safar dessa! – ela fala com um tom de determinação.

É um pouco assustador.

– Está certo, não vou ligar para Anne. Vou para Nova York. Vou mostrar para ele o que acontece quando alguém mexe com a minha filha. Ele vai pensar que Amélia Warren é a porra da Madre Teresa quando eu acabar com ele. Vou arrancar as bolas dele!

Cacete.

Tudo bem. Minha mãe? Ela não xinga. Nunca. Então, o fato de ela estar jogando bombas de palavrões e pensando sobre arrancar bolas...?

Francamente, é preocupante.

Acabo de descer os degraus, como se não tivesse ouvido nada.

– Bom dia.

Minha mãe fica menos tensa. Fica surpresa.

– Kate. Você acordou.

Aceno.

– Sim, estou me sentindo... melhor.

"Melhor" talvez seja muito forte. "Como um animal atropelado que foi ressuscitado" seria mais apropriado.

George me oferece uma caneca.

– Quer café?

Minha mão cobre meu estômago embrulhado.

– Não, obrigada.

Minha mãe deixa de lado sua surpresa e pergunta:

– O que acha de um pouco de coca-cola morna?

– Pode ser. Ótima ideia.

Ela pega para mim. Em seguida, alisa meu cabelo, dizendo:

– Quando estava grávida de você, fiquei enjoada durante sete meses. Coca-cola morna sempre me deixava melhor. Além disso, se ela voltar, não fica com um gosto tão ruim.

Ela tem razão.

Para sua informação, pasta de amendoim? Não é muito legal quando volta.

Minha mãe me questiona ao perceber o uniforme.

– Todas suas roupas estão sujas? Precisa que eu as lave?

– Não, achei que poderia ajudar no restaurante hoje. Sabe né, me manter ocupada. Aí não fico o tempo todo pensando.

Pensar é ruim. Pensar é muito, muito ruim.

George sorri.

Minha mãe esfrega meu braço.

– Somente se você quiser fazer isso. Mildred está trabalhando hoje, então eu, com certeza, gostaria de uma ajudinha.

Mildred trabalha no nosso restaurante desde que me entendo por gente. Ela é uma garçonete terrível, acho que minha mãe só a mantém lá por caridade. Dizem por aí que ela já foi uma rainha da beleza, Miss Kentucky ou Louisiana, ou algo assim. Mas ela ficou feia e perdeu o entusiasmo quando seu noivo resolveu dar uma de corajoso e se jogou na frente de um trem de carga. Só que ele perdeu o jogo.

Agora, ela vive em um condomínio de apartamentos no centro e fuma dois maços de cigarro por dia.

Provavelmente ela ainda viverá até uns 107 anos, se a compararmos a uma mãe de 31 anos que nunca tocou em um cigarro na vida, mas que ainda assim morre de câncer de pulmão.

Como já tinha falado, Deus... às vezes, ele é um filho da mãe.

As habilidades de uma garçonete são parecidas com andar de bicicleta, você nunca esquece.

Apesar de escapar por um triz algumas vezes, consegui passar a manhã toda sem vomitar nos pratos de panquecas ou ovos mexidos dos clientes.

Batam palmas para mim.

A parte mais difícil foram as perguntas. Sobre Nova York, sobre meu lindo namorado, que veio comigo visitar a cidade há três meses. Sorrio e dou respostas breves e vagas.

Quando chega o meio-dia, já estou praticamente acabada. Física e mentalmente. Estou quase me retirando para tirar uma soneca no quarto, quando a campainha na porta apita, e uma voz chega por trás de mim.

Uma voz que reconheceria em qualquer lugar.

Capítulo 10

– Katie Brooks com uniforme de caubói. Estou realmente vendo isso ou é apenas algum *flashback* excêntrico bem real?

Tinha seis anos quando vi Billy Warren pela primeira vez. Sabe aquela época em que Joey Martino estava abandonando Amélia naquele quarto de hotel? Sua irmã mais nova, Sophie, também estava sendo expulsa de casa.

Porque ela também estava grávida.

Aparentemente, a velha senhora Warren seguia o estilo de criação de *Mamãezinha Querida* – cabides de arame e tudo mais. De qualquer modo, cinco anos depois, Sophie morreu em um beco de drogas, de uma overdose de metanfetamina. O Estado acabou assumindo a custódia de Billy até que conseguissem rastrear seu único parente vivo, Amélia Warren.

Deloris ficou conosco naquele final de semana quando sua mãe foi buscá-lo na Califórnia. Amélia entrou no abrigo e viu um menininho com olhos cansados, usando uma camiseta preta rasgada. A partir daquele momento, Billy era dela, mesmo sem ter saído de sua barriga.

Durante os primeiros quatro meses em que Billy morou com Amélia e Deloris, ele não falava. Nada. Ele nos seguia, fazia tudo que fazíamos.

Quando brincávamos de escolinha, ele era a lousa; quando procurávamos pelo tesouro enterrado, era ele quem carregava o peso.

Mas não falava.

Até que um dia, Amélia estava comprando umas coisas na Avenida Principal e passaram por uma loja de penhores. Billy parou no caminho. Ficou observando a vitrine.

Olhando para uma guitarra vermelha brilhante.

Amélia entrou e comprou para ele. Naquela época, já tocava muito bem, então achei que meu pai podia ensinar Billy também. Mas, veja, antes de meu pai conseguir lhe ensinar uma lição, Billy já sabia tocar. Ele era um garoto prodígio, como Mozart. Um verdadeiro gênio musical.

Às vezes, ele é um chato com relação a isso.

– Billy!

Jogo meus braços em seu pescoço. Ele me aperta bem forte na cintura e meus pés saem do chão. Minha voz abafa, por causa de seu ombro.

– Caramba, como é bom te ver!

Sei que você o acha um idiota. Mas ele não é. Sério.

Você só o viu através das lentes coloridas de Drew.

Billy se afasta, com as mãos em meus antebraços. Já faz uns oito meses desde a última vez que o vi. Ele está musculoso e bronzeado, saudável. Está bonito. Exceto pela barba. Não estou curtindo a barba. Está grossa e desgrenhada, me lembra um lenhador.

– Digo o mesmo, Katie. Você está... – arqueia a sobrancelha. O sorriso se torna um questionamento. – *Porra*. Você tá parecendo uma merda velha.

Sim, esse é o Billy. Ele sempre soube o que dizer para uma mulher.

– Uau. Falando desse jeito, você deve estar pegando todas lá em Los Angeles, né? Aliás, você sabe que tem um rato pendurado no rosto?

Ele ri e esfrega a barba.

– É meu disfarce. Preciso de um agora, sabe.

De repente, um garoto, que parece ter uns dez anos, chega perto de nós um pouco hesitante.

– Senhor Warren, pode me dar um autógrafo?

Billy abre um sorrisão. E pega a caneta e o papel oferecidos.

– Claro – ele rabisca algo rapidamente, devolve o autógrafo e diz: – Não pare de sonhar, garotão, pois os sonhos realmente se tornam realidade.

Depois que o fã vai embora, Billy se vira de novo para mim, com os olhos cintilando.

– Isso não é demais?

Hoje em dia, ele está bem popular no ramo musical. Seu último álbum ficou em primeiro lugar durante seis semanas, e estão falando que é um forte concorrente para ganhar o Grammy neste ano. Estou orgulhosa dele. Ele está aonde sempre achei que fosse chegar.

Mas, provoco:

– Cuidado. Você ainda tem que sair com esse cabeção daqui.

Ele sorri.

– O que está fazendo por aqui? Eu ia para a cidade para encontrá-la na semana que vem.

Antes de poder responder, um rosto aparece do nada, pelo outro lado da porta de vidro.

Me dando o maior susto.

– Ah!

É uma mulher de cabelos claros, com olhos castanhos enormes, que não piscam. Como se fosse um ET com peruca loira.

Billy se vira.

– Ah, aquela é Evay.

– Evie?

– Não, E-vay. Como eBay. Ela tá comigo – ele abre a porta e a ET entra, com as mãos cruzadas, fortemente, na cintura. Está com calça legging preta e uma camiseta do Bob Marley. Magra é algo longe de descrevê-la. Ela me lembra um daqueles esqueletos da aula de biologia, com revestimento fino e colorido na pele.

Ela até que é bonita, se considerarmos um campo de concentração.

– Evay, esta é Kate. Kate, Evay.

No mundo profissional, apertos de mão são importantes. Eles dão aos potenciais clientes uma visão de como você faz negócios. Eles podem fazer ou acabar com o acordo. Sempre garanto que meu aperto seja firme, forte. Não é apenas porque sou pequena e mulher que alguém poderá pisar em mim.

– Prazer em te conhecer, Evay – estendo a mão.

Ela apenas olha, como se fosse uma aranha se arrastando para fora do ralo do banheiro.

– Não faço contatos diretos de mulher para mulher. Isso acaba com as células de embelezamento.

Tu-do bem. Olho para Billy. Ele parece não se incomodar. Coloco o dedão para trás, sobre os ombros.

– Bom, vocês querem comer alguma coisa? O que acham de sentarem em uma mesa?

Quando Evay responde, seu tom é irreal, atordoado, como se tivesse sido vítima de uma concussão. Ou como um professor de atuação: *seja a árvore.*

– Meu almoço está logo aqui – ela abre a palma da mão para mostrar uma seleção de cápsulas, que fazem meus comprimidos pré-natais parecerem balinhas de bebê. – Mas preciso de água. Você tem água limpa, que venha direto de uma fonte de uma montanha cheia de neve?

Uau.

Alguém pode chamar o Will Smith, pois alienígenas, com certeza, pousaram aqui.

– Hã... não temos muita neve por aqui, nesta época do ano. Mas temos a melhor água direto da torneira de Greenville.

Ela mexe a cabeça. E ainda não piscou. Nem a *porcaria de uma* vez.

– Só bebo água limpa que venha direto de uma fonte de uma montanha cheia de neve.

Billy levanta a mão.

– Estou morrendo de vontade de *onion rings.*

Sorrio e anoto o pedido.

– Claro.

Evay funga o ar, como um esquilo antes de uma tempestade. Em seguida, parece um pouco assustada.

– Isso é óleo? Vocês cozinham com óleo?

Dou um passo para trás. Ela deve ser uma daquelas garotas veganas loucas, que adoram o PETA e se ofendem com subprodutos animais, e a possibilidade de ser atacada não me é muito atraente no momento.

– Ah... sim.

Ela cobre o nariz com seus dedos ossudos.

– Não posso respirar este ar! Vou ter um treco! – ela se vira para a porta.

E espera.

Acho que não é só com garotas que ela não entra em contato.

Billy abre a porta e ela sai correndo. Olho para ele, boquiaberta.

– Ok, que porra foi *essa*?

– *Aquela* era uma californiana. Elas são todas assim. Acho que é por causa do sol em excesso... e da maconha. Elas fazem a Dee Dee parecer comum. Além do mais, Evay é modelo, então ela é muito mais estranha. Ela não consegue cheirar óleo, mas fuma igual a uma chaminé.

É por isso que adoro morar em Nova York.

Onde as pessoas normais estão.

Bom, adorava viver, na verdade.

Vou até o balcão para pegar uma caixa para viagem para o pedido de Billy. Ele coloca os cotovelos no balcão, se inclinando.

– Então, cadê o Dr. Manhattan?

Ele está falando do Drew. Sabe, por causa daquele físico arrogante, inumano e melancólico dos quadrinhos do *Watchmen*?

– Ele não está aqui.

Billy parece surpreso. De um jeito agradável.

– Tá falando sério? Nunca pensei que ele pudesse te deixar longe, sozinha, fora do Estado. O que aconteceu?

Encolho os ombros.

– Longa história.

– Parece promissora. Vamos sair mais tarde. Para botar o papo em dia. Tenho que levar Evay de volta ao hotel para ela tirar uma soneca, depois volto e te pego.

Fecho um pouco os olhos.

– Uma soneca?

Ele levanta o queixo, defensivo.

– Sim. Muitas pessoas dormem doze horas por dia.

Eu entrego os *onion rings*.

– Eu sei. Chamam-se vampiros, Billy.

Ele ri.

Em seguida, minha mãe sai da cozinha.

– Billy! Amélia disse que você estava fazendo uma visita.

Ela o abraça e ele lhe dá um beijo na bochecha.

– Oi, Carol.

Ela olha para a barba dele e não aprova.

– Ah, querido, você tem um rosto tão bonito. Não o cubra com tudo... isso.

Minha mãe é tão mãe, né?

Billy defende seu pelo facial.

– Por que todo mundo está odiando tanto a barba? Gosto da barba – em seguida, dá uma nota de cem dólares. – Pelos *onion rings*.

Ela nega e empurra a mão dele.

– Seu dinheiro não vale nada aqui, você sabe disso.

Um barulho de copo quebrado soa por trás da porta da cozinha. E a voz de George Reinhart:

– Carol!

Minha mãe morde a língua.

– Ah, querido. George está tentando arrumar a lava-louça de novo.

Ela corre para a cozinha. Billy e eu rimos juntos. Depois, ele me dá a nota de cem dólares.

– Coloca dentro da caixa registradora quando sua mãe não estiver olhando, tá?

É difícil quando você chega a um ponto na sua vida, como este, em que consegue ajudar seus pais financeiramente, mas eles não aceitam por serem muito teimosos.

– Claro.

Ele dá uma batida no balcão.

– Beleza, te pego às quatro. Fique pronta. E não vista nenhum terno social ou alguma merda desse estilo, esta é uma missão de jeans e tênis.

É isso o que tinha planejado vestir. Mas, preciso perguntar.

– Por quê? O que vamos fazer?

Ele mexe a cabeça para mim.

– Você sumiu durante um bom tempo, garota Katie. O que mais poderíamos fazer? Vamos sair para empinar.

Claro. Que tola eu fui. Lógico que vamos.

Billy se inclina no balcão e me dá um beijo rápido na bochecha.

– Até mais.

Em seguida, pega a comida e vai embora.

Já saiu para dar uma volta de carro depois da sua última prova final ou no começo de um longo final de semana depois do trabalho? E a estrada está totalmente vazia, você está usando seus óculos de sol e sua música favorita está tocando bem alto no rádio?

Ótimo. Então, já conhece a sensação.

Empinar.

Como explicar isso? Tenho certeza de que existem diversos nomes para isso, dependendo de onde você mora, mas aqui, é assim que chamamos. É como escalar uma montanha... só que... com um carro. Ou um caminhão. Ou qualquer outro veículo com tração nas quatro rodas.

O objetivo é escalar o morro mais íngreme que você encontrar e ficar o mais vertical possível, o mais rápido possível, *sem* virar o carro. É divertido, meio bobo, perigoso e feito para quem é louco por adrenalina.

Não se preocupe com a minha frágil condição atual. O caminhão do Billy é um veículo *off-road* com equipamentos de segurança, não só apenas os cintos. Então, mesmo se capotarmos? Não vou a lugar algum.

Estamos dirigindo para os morros neste exato momento, em alta velocidade. Ohio não é muito conhecido por seu terreno montanhoso, mas tem alguns pontos em que são abundantes. Para nossa sorte, Greenville é perto deles.

As janelas estão abertas, o sol está brilhando e, hoje, está uma agradável temperatura de 21 ºC. Grito por cima do som do rádio.

– Outro carro novo, hein?

Billy sorri e esfrega carinhosamente a mão pelo painel.

– Sim. E este bebê não polui nada por causa da obra da minha prima.

Viro os olhos. Eu, com certeza, preciso checar as finanças de Billy. O vento joga meu cabelo no rosto. Coloco-o para trás e grito de novo.

– Não se torne aquele cara.

– Que cara?

– Aquele que tem um carro diferente para cada dia do mês. Gaste seu dinheiro com coisas mais práticas.

Ele encolhe os ombros.

– Falei para Amélia que ia comprar uma casa pra ela. Mas que ela não poderia contar para Deloris aonde seria.

Billy e Deloris adoram encher o saco um do outro.

A música muda no rádio e Billy aumenta no volume máximo. Ele olha para mim. E está sorrindo.

Ambos estamos.

Porque, há um tempo, esta foi nossa música. Não de um jeito romântico. De um jeito adolescente, rebelde sem causa. Era nosso hino, nosso "Thunder Road".

Alabama canta sobre sair da cidadezinha, quebrando barreiras, vivendo por amor. Cantamos a plenos pulmões, juntos.

É ótima. É perfeita.

Billy pisa no acelerador bem forte, levantando uma nuvem de poeira por onde passamos, e me sinto com dezesseis anos novamente. Quando a vida era fácil, e o problema mais grave era saber para onde iríamos na sexta à noite.

Dizem que a juventude é desperdiçada pelos jovens, e estão certos. Mas não é culpa dos jovens. Não importa o quanto digam para aproveitarem cada dia que vivem, eles apenas não conseguem.

Pois não têm como compará-los com outros. É apenas mais tarde, quando é tarde demais, com contas a pagar e prazos para cumprir, que os jovens percebem o quão legais, inocentes e preciosos aqueles momentos foram.

A música fala sobre Thunderbirds, sobre dirigir a noite toda e viver sua vida. O primeiro carro do Billy era um Thunderbird. Você deu uma olhadinha nele em Nova York, lembra? Era uma lataria velha quando ele comprou, mas, nos finais de semana, ele arrumava e, por muitos dias, acabou cabulando aulas.

Perdi minha virgindade no banco de trás daquele carro. No final de semana do baile de formatura. Sim, faço parte das estatísticas. Naquela época, achava que era a personificação de um romance, a coisa mais perfeita.

Mas, novamente, não tinha mais nada com o que comparar.

Billy amava aquele carro. E posso apostar meu diploma de Administração que ele ainda o tem guardado em sua garagem em Los Angeles.

Ainda cantando, me seguro nas duas correias de segurança com ambas as mãos, quando Billy roda o carro em uma curva de 360 graus. É uma manobra fantástica. Você pisa no acelerador, puxa o volante e freia no freio de emergência. É a melhor forma de executar um zerinho, a menos que a transmissão não abandone o fundo do carro ou algo do gênero.

Pó sobe do chão e sujeira se espalha pelo para-brisa. Sempre foi assim conosco. Confortável. Descomplicado. Bom, pelo menos enquanto estávamos aqui em Greenville.

Conforme meus anos de faculdade e de pós-graduação passavam, nós nos arrastamos. Mudamos de Bonnie e Clyde para Wendy e Peter Pan. Mas aqui, quando éramos apenas nós dois e o resto do mundo não existia, conseguíamos ser aquelas crianças de novo. Crianças com os mesmos desejos, com os mesmos sonhos.

As rodas viram e Billy desvia de um pedaço de terra sem asfalto e plano. E parece que estamos voando. Como se estivesse livre. Sem pensar em mais nada.

E a melhor parte? Pela primeira vez em quase quatro dias, não penso nadinha em Drew Evans.

Capítulo 11

Quando chegamos ao quarto do hotel em que Billy está hospedado, já havia escurecido. Entramos tropeçando pela porta, cansados, sujos e risonhos. Me estatelo no sofá, enquanto Billy pega um pedaço de papel no balcão da minicozinha.

– Cadê a Evay?

Ele levanta o bilhete.

– Ela voltou para Los Angeles. Disse que o ar poluído daqui estava invadindo seus poros.

– Você não parece muito abatido em relação a isso.

Billy pega duas cervejas na geladeira e encolhe os ombros.

– Tem muito mais de onde ela veio. Menos uma merda pra me encher o saco.

Ele levanta o violão, que está do outro lado da mesinha de café, e arranha algumas notas. Depois, alcança embaixo da almofada, tira uma sacolinha de plástico transparente e a joga para mim.

– Você ainda enrola os melhores baseados aqui deste lado do Mississippi ou já foi assimilada pela coletividade?

Sorrio com malícia e pego a sacola. Enrolar um bom baseado exige concentração. Se você usar muita maconha, estará desperdiçando; se usar pouca, você acaba com o propósito.

É um processo relaxante. Como tricotar.

Lambo a ponta do papel e aliso. Em seguida, passo para o Billy.

Ele olha com admiração.

– Você é uma artista.

Ele coloca o baseado entre os lábios e abre seu isqueiro. Mas antes que a chama toque a ponta, bato e fecho a tampa de metal.

– Não. Eu vou acabar fumando por tabela.

– E daí?

Suspiro. Olho para Billy direto no rosto.

– Estou grávida.

Seus olhos se abrem. E o baseado cai de seus lábios.

– Tá brincando?

Mexo a cabeça.

– Sem brincadeira, Billy.

Ele se inclina para frente, olhando para a mesa. Não diz nada por algum tempo, então eu acabo com o silêncio.

– Drew não quer. Me disse para fazer um aborto.

As palavras saem desconectadas. Monótonas. Porque ainda não consigo acreditar que são verdadeiras.

Billy vira para mim e sussurra:

– O quê?

Aceno. E conto todos os mínimos detalhes da minha saída de Nova York. Quando termino, ele está em pé, nervoso e andando de um lado para o outro. Ele murmura:

– Vou dar um tiro naquele filho da puta.

– O quê?

Ele faz um sinal para eu desconsiderar.

– Nada – depois, se senta e coloca uma mão na cabeça. – Sabia que ele era um idiota, eu *sabia*, porra. Mas nunca esperei que ele fosse um Garrett Buckler.

Toda cidade tem dois lados: um lado bom e outro não muito bom. Garrett Buckler era do lado bom de Greenville, onde há regadores automáticos e grandes casas de estuque. Ele era um veterano, estava no terceiro ano do Ensino Médio. Desde o primeiro dia de aula naquele ano, Garrett se concentrava apenas em uma coisa: Dee Dee Warren.

Billy o odiou logo de cara. Ele nunca confiou muito em pessoas com dinheiro, grana pela qual não batalharam. Garrett não era exceção. No entanto, Deloris não ouviu Billy. Disse que ele estava sendo ridículo. Paranoico. Disse que ela queria dar uma chance para Garrett.

Aí ela deu. Ela também deu sua virgindade para ele.

Quatro semanas depois, atrás da arquibancada da escola, Deloris contou para Garrett que estava grávida. Aparentemente, nós, mulheres de Greenville, somos as deusas da fertilidade.

Não cuspa em nós – vai que numa dessas você nos engravida?

Apesar de toda a educação sexual que Amélia nos deu, ainda assim aconteceu. Pois – aqui vai algo que muitas pessoas esquecem sobre adolescentes – às vezes, eles simplesmente fazem coisas bestas. Não porque não tiveram informação ou recursos, mas porque são muito jovens para realmente entender que ações têm consequências.

Que transformam suas vidas.

De qualquer forma, como você pode imaginar, Deloris ficou aterrorizada. Mas, como qualquer adolescente completamente apaixonada e romântica, ela achou que Garrett ficaria ao seu lado. Que eles enfrentariam o que quer que fosse... juntos.

Ela estava errada. Ele a mandou se ferrar. Ele a acusou de querer dar um golpe, disse que nem acreditava que aquele bebê fosse dele.

Histórias são muito parecidas com xampus: enxágue, repita e repita o processo novamente.

Deloris ficou muito mal. E Billy... Billy ficou totalmente furioso. Estava com ele no dia em que ele roubou um Camaro branco do estacionamento de Walgreen. Segui-o, no Thunderbird, até um desmanche em Cleveland, onde ele ganhou trezentos dólares pelo carro.

O bastante para pagar pelo aborto.

Poderíamos ter conversado com Amélia, mas Deloris estava com muita vergonha. Então, fomos sozinhos para a clínica. Segurei a mão de Deloris o tempo todo.

Mais tarde, Billy nos deixou em minha casa. E foi procurar por Garrett Buckler. Quando o encontrou, Billy quebrou o braço dele e lhe fraturou o maxilar. Também disse que, se, alguma vez, ele dissesse uma palavra sobre a Deloris para alguém, ele voltaria e quebraria seus outros quatro membros, inclusive aquele entre as pernas.

Até hoje, este continua sendo o segredo mais bem guardado de Greenville.

– Sabe de uma coisa? Foda-se ele. Você ganha bem, então não precisa da merda do dinheiro dele. E quanto ao lance de se ter um pai? É bobagem. Você teve um pai por quanto tempo, uns cinco minutos? Eu e minha prima nunca tivemos. E nós três nos demos muito bem.

Ele repensa aquela declaração.

– Tudo bem, talvez não a Deloris. Mas ainda assim, dois entre três não é nada mau. Podíamos...

Dou um corte nele.

– Acho que vou fazer um aborto, Billy.

Ele fica quieto. Totalmente. Plenamente.

Completamente.

Mas sua surpresa e decepção martelam bem alto, como um grande bumbo.

Ou talvez seja minha própria culpa.

Lembra quando Susan Smith, há uns vinte anos, afogou seus dois filhos, pois seu namorado não queria uma mulher com filhos? Como o restante do país, eu achava que ela deveria ter sido pendurada nas pontas dos dedos e ter sua pele removida do corpo com um ralador de queijo.

Fala sério, que tipo de mulher faz algo assim? Que tipo de mulher escolhe um homem em vez de sua própria carne e sangue?

Uma mulher fraca.

E essa é uma característica que já assumi ter, lembra?

Está na minha mente há um tempo, como uma teia de aranha presa num canto, mas que você ignora por não ter tempo de arrumar isso.

Antes de tudo, sou uma empresária. Sou analítica.

Prática.

Se um de meus investimentos não rola do jeito que havia imaginado? Me livro dele. Corto minhas perdas. Matemática simples, se você tirar a emoção disso tudo, não precisa quebrar a cabeça.

Eu sei. Sei o que você deve estar pensando. *Mas e aquele menininho que você imaginou? Aquele menino lindo e perfeito, com cabelo escuro e um sorriso adorável?*

A verdade é que não existe nenhum menininho. Ainda não. Neste instante, é apenas um grupo de células se dividindo. Um erro que está entre mim e a vida que eu deveria ter.

Não sei se Drew e eu voltaremos um dia para onde estávamos, mas sei que ter um filho que ele, obviamente, não quer, não vai me fazer ganhar pontos. E isso faria tudo ficar tão mais fácil.

Como depilar as sobrancelhas. Um simples procedimento, conveniente para o resto da vida.

Você acha que isso me torna uma vadia fria, né?

Bem... sim... acho que talvez você tenha razão.

A voz de Billy fica cautelosa. Hesitante. Como se não quisesse fazer a pergunta ou muito menos ouvir a resposta.

– Por ele? Você fará um aborto por causa dele?

Seco o molhado nas bochechas. Nem percebi que estava chorando.

– Não consigo fazer isso sem ninguém. Sozinha.

Sempre volto para esse fato, né?

Billy segura minha mão.

– Ei, olhe pra mim.

Eu olho.

Seus olhos estão queimando. De sensibilidade. E determinação.

– Você não está sozinha, Kate. E nunca estará. Não enquanto eu estiver respirando.

Mordo o lábio. Movo minha cabeça lentamente. E o caroço na minha garganta deixa minha voz rouca e frágil.

– Você entendeu o que eu quis dizer, Billy.

E ele entende. Billy compreende melhor do que qualquer um, pois já passou por isso. Ele sabe o quanto foi difícil, o quanto foi ruim. Todas aquelas noites em que saí com ele para tomar um sorvete ou ir ao cinema, deixando minha mãe sozinha em uma casa vazia.

Todas as cerimônias de premiação ou graduação, quando o rosto de minha mãe irradiava orgulho, mas seus olhos brilhavam de tristeza. Porque ela não tinha com quem compartilhar isso.

Todo feriado, véspera de Ano Novo, Dia de Ação de Graças e Páscoa, quando não conseguia voltar para casa da faculdade, e chorava nos braços dele depois de desligar o telefonema de minha mãe, pois pensar que ela passaria o dia sozinha me matava.

Billy passou por tudo isso comigo.

E Amélia. Ele viu sua tia lutar, financeiramente, emocionalmente, tentando ser um pai e uma mãe para ele e para Deloris. Ele a viu sair com um cara atrás do outro, procurando pelo homem certo, que nunca apareceu.

Aquelas eram as antividas. As vidas que nunca queria ter para mim.

Porém, cá estou.

Billy acena.

– É, Katie, eu entendo o que quer dizer.

Esfrego meus olhos com força. Frustrada. Irritada... comigo mesma.

– Só preciso tomar a porra de uma decisão. Tenho que pensar em um plano e continuar com ele. Apenas... – minha voz para – não sei o que fazer.

Billy respira profundamente. Depois se levanta.

– Tudo bem, foda-se. Vamos.

Ele dá uma volta no canto e se esconde atrás do balcão embaixo da pia da cozinha. Não tenho ideia do quê ele está procurando.

– Como assim? Ir aonde?

Ele aparece, segurando uma chave de fenda.

– Para o lugar onde nossos problemas não podem nos alcançar.

Billy para o caminhão no estacionamento. E os faróis iluminam o sinal enorme, escuro.

Consegue ver? PISTA DE PATINAÇÃO

Saímos do carro.

– Não acho que seja uma boa ideia, Billy.

– Por que não?

Andamos para a lateral do prédio. Aqui vai um conselho que aprendi quando era mais jovem: quando estiver andando no escuro, ou correndo de policiais no meio do mato, dê passos largos. Isso fará com que suas canelas e palmas das mãos doam menos.

– Pois somos adultos agora. Isso é infração e invasão.

– Já era infração e invasão quando tínhamos dezessete anos.

Chegamos até a janela. Quase não consigo ver o rosto de Billy no escuro.

– Eu sei. Mas não acho que agora o xerife Mitchell vai nos deixar escapar tão facilmente.

Ele caçoa.

– Ah, por favor. Amélia disse que Mitchell tem estado muito entediado desde que fomos embora. Ele mataria por alguma agitação. As crianças hoje em dia são... muito preguiçosas. Não são criativas em seus atos de vandalismo.

Espera. Como assim?

Vamos fazer uma pausa por um instante.

– O que você quis dizer com "Amélia disse"? Desde quando Amélia conversa com o xerife Mitchell?

Billy mexe a cabeça.

– Acredite em mim, é melhor você não saber – ele levanta a chave de fenda. – Ainda consegue ou perdeu o jeito?

Pela segunda vez nesta noite, aceito o desafio. Arrebato a chave de fenda e subo na janela. Após vinte segundos, entramos.

Ah, lógico, eu ainda consigo fazer isso.

A pista de patinação era nosso espaço: invadir depois que tinha fechado era nosso passatempo predileto. Mentes desocupadas realmente são ferramentas do diabo. Então, pelo amor de Deus, arranjem um passatempo para seus filhos.

Dez minutos depois, estou voando pelo chão escorregadio com patins usados de tamanho 36.

É uma sensação incrível. É igual a flutuar no ar, rodando em nuvens grandes e repousantes.

O rádio toca os maiores sucessos dos anos 1980. Billy se apoia na parede, fumando maconha e assoprando a fumaça pela janela aberta.

Ele inala profundamente. E expele baforadas brancas de seus lábios e diz:

– Sabe, você podia vir para a Califórnia comigo. Montar sua própria empresa. Tenho amigos, caras com grana, eles investiriam em você. Meus amigos são seus amigos. *Mi casa es sua casa*, entende.

Paro de patinar ao considerar o que ele disse:

– Na verdade, isso significa, "minha casa é sua casa".

As sobrancelhas de Billy se juntam.

– Ah – ele encolhe os ombros. – Sempre fui ruim em espanhol. A Señorita Gonzales me odiava.

– Deve ser por que você colou os Lhasa Apso dela um no outro.

Ele ri ao se lembrar.

– É verdade. Foi uma ótima noite.

Rio também. Viro de um jeito que deixaria qualquer patinador orgulhoso de mim. A música muda para "Never Say Goodbye", do Bon Jovi. Foi a música do nosso baile de formatura.

Levanta a mão quem já a ouviu no seu baile também. Tenho certeza de que, depois de 1987, essa tem sido a música mais tocada nas formaturas dos Estados Unidos.

Billy apaga o baseado com a ponta dos dedos. Em seguida, patina até mim. Ele estica seu braço, fazendo sua melhor imitação do Bettlejuice.

– Podemos?

Sorrio. E pego em seu braço. Coloco as mãos nos ombros dele e, enquanto Bon Jovi canta sobre quartos enfumaçados e chaves perdidas, começamos a nos mexer.

As mãos de Billy descem pelas minhas costas. Viro a cabeça e relaxo a bochecha em seu peito. Ele está quente. Sua camisa de flanela está macia e cheira à maconha e terra... e lar. Sinto seu queixo na parte de cima da minha cabeça, quando ele me pergunta tranquilamente:

– Lembra-se do baile?

Sorrio.

– Claro. Lembra-se do vestido da Dee Dee?

Ele ri. Porque a Deloris era uma verdadeira lançadora de moda, já naquela época. Lady Gaga não tá com nada perto dela. Ela usou um vestido branco e teso, como o *tutu* de uma bailarina. Com uma série de luzes cintilantes pela bainha. Era muito bonito.

Até começar a pegar fogo.

Seu parceiro, Louis Darden, apagou o fogo com a tigela de ponche de suco em pó batizado. Ela passou o resto da noite melada e cheirando à fogueira apagada.

Continuei nossa jornada pela pista de memórias.

– Lembra-se do último dia do primeiro ano?

O peito de Billy resmunga quando ele ri.

– Não foi o meu momento mais dissimulado.

Era o último dia de aula e estava uns quarenta graus dentro da nossa escola, sem ar-condicionado. Mas o diretor Cleeves não nos deixou ir embora mais cedo. Então, Billy apertou o alarme de incêndio.

Bem no corredor onde o diretor estava parado.

Uma intensa busca começou, mas Billy conseguiu escapar com sucesso. Daí, o diretor foi até o sistema de comunicação e tentou chamá-lo: "*Billy Warren, compareça à sala do diretor. Imediatamente*".

– Sei que não sou o cara mais esperto do mundo, mas fala sério. Eles realmente acharam que eu seria burro o bastante para ir até lá?

Rio na camisa de Billy.

– E aí assim que você entrou no último ano, Cleeves te pegou e ficou falando: "Senhor Warren, tem uma carteira na detenção com seu nome".

E realmente tinha. Eles estamparam o nome dele na parte de trás da carteira, igual à cadeira de um diretor na filmagem de um filme.

Billy suspira.

– Bons tempos.

Aceno.

– Os melhores.

Enquanto intermináveis palavras sobre músicas e amores favoritos nos circundam, fecho os olhos. Os braços de Billy me apertam um pouco, me puxando para mais perto.

Está vendo aonde vai dar isso? Eu não vi.

– Sinto saudade disso, Katie. Tenho saudades suas.

Não digo o mesmo, mas é bom ouvir isso. E é ainda melhor ser abraçada.

Ser querida.

Durante um bom tempo, eu não senti nada mais do que carinho de amigo por Billy. Mas isso não quer dizer que eu tinha me esquecido da garota que costumava ser. Aquela que achava que não existia nada mais doce do que olhar dentro dos olhos de Billy Warren. Nada mais romântico do que ouvi-lo cantar. Nada mais empolgante do que dar uma volta em seu carro, tarde da noite, depois do toque de recolher.

Me lembro de como é amá-lo. Mesmo que eu não o ame mais do mesmo jeito.

Olho para o rosto de Billy, enquanto ele canta a letra da música suavemente. Para mim.

Relembrando agora, não sei exatamente quem se encostou em quem, quem se mexeu antes. Tudo o que sei é que, em um minuto, estávamos dançando no meio da pista de patinação... e, no outro, Billy estava me beijando.

E só demorou um segundo para que eu o beijasse também.

Capítulo 12

Beijar o Billy é... legal. É familiar. Meigo.

Como achar sua antiga casa da Moranguinho no sótão dos pais. E você sorri quando a vê. Você passa sua mão pela sacada e se lembra de todos os dias que passou envolvida neste mundo inventado. É nostálgico. Uma parte da sua infância.

Mas é uma parte que deixou para trás. Porque, agora, você cresceu.

Portanto, não importa o quanto suas memórias sejam queridas, você não vai pegar a Laranjinha e a Ameixinha e começar a brincar.

O beijo termina e abaixo a cabeça. Olho para a camisa de Billy. Sabe aquele verso, acho que é de uma música: se você não pode ficar com a pessoa que ama, ame a pessoa com quem está?

Isso se encaixa muito bem nesta situação.

Exceto pelo fato de que já amo o Billy. O bastante para tirar vantagem de sua devoção, o bastante para usá-lo para curar meu coração partido e ego ferido. Ele merece mais do que isso. Billy Warren não é o prêmio de consolação de ninguém. E, com muito prazer, eu arrancaria os olhos de qualquer mulher que tentasse torná-lo um.

Uma vez, ele me disse que eu não era mais a garota por quem ele tinha se apaixonado. Apesar do quanto aquilo me machucou, do quanto aquilo fez eu me sentir incapaz na época, ele estava certo.

Não sou mais aquela garota.

Arrasto os olhos da camisa para o seu rosto.

– Billy...

Ele coloca o dedo nos meus lábios, esfregando-os suavemente. Fecha os olhos e dá um suspiro. Nenhum de nós se mexe por um instante, envolvidos, durante alguns segundos finais, no encanto do passado.

Em seguida, ele fala, quebrando o feitiço.

– Estar aqui com você? É demais. Tão bom quanto me lembro, acho que até melhor. Parece... parece que temos que dar uma volta no DeLorean – sua mão segura meu rosto com ternura. – Mas tudo bem, Kate. Foi apenas por um minuto. Vamos voltar agora para o futuro. Não precisa significar algo além disso. Não precisa mudar o que temos agora, pois também é muito legal.

Aceno, aliviada. Grata por Billy saber como me sinto, sem precisar dizer nada. E que ele sente o mesmo.

– Tudo bem.

Ele sorri.

– Devia te levar para casa antes que Carol solte os cachorros. Ou pior, Amélia.

Rio. De mãos dadas, saímos do campo de patinação e deixamos todas as memórias para trás.

Vinte minutos depois, Billy para no estacionamento dos fundos do restaurante da minha mãe. Ficamos sentados no caminhão em silêncio, lado a lado.

– Quer que eu te leve lá em cima?

– Não, não precisa. Eu consigo.

Ele acena devagar.

– Então, vai rolar algum tipo de... clima estranho entre nós agora? Só porque demos um beijo de língua por alguns minutos?

Como disse antes, Billy sempre teve jeito com as palavras.

– Não. Sem clima estranho. Não se preocupe.

Ele precisa de algo a mais para confirmar.

– Você continua sendo minha garota, Katie?

Ele não quer dizer isso no sentido de namorada. Ele quer dizer no sentido de amiga, a *melhor* amiga, que *acabou* sendo uma garota. Caso esteja se perguntando.

– Sempre serei sua garota, Billy.

– Que bom – ele vira a cabeça para o para-brisa e analisa. – Você realmente deveria pensar sobre a Califórnia. Acho que seria uma boa mudança para você. Um tempo.

De certo modo, ele está certo. A Califórnia seria uma página em branco para mim. Sem memórias. Sem decadências dolorosas. Sem conversas estranhas. Com o meu currículo, não vejo problema algum em conseguir um novo emprego.

Dito isso... tenho contatos em Nova York. Raízes. Não sei se quero cortar todas elas. Então, igual a qualquer outro aspecto da minha vida neste momento, não sei que porcaria quero fazer.

Pareço um disco riscado, né? Desculpa.

Coloco minha mão sobre a dele no câmbio.

– Vou pensar nisso.

Ele coloca a outra mão em cima da minha.

– Você vai conseguir se ajeitar, Kate, tenho certeza disso. E vai melhorar. Não vai doer desse jeito para sempre. Posso garantir, por experiência.

Sorrio com gratidão.

– Obrigada, Billy. Por tudo – saio do caminhão e ele vai embora.

Depois de avisar para minha mãe que cheguei, vou ao meu quarto. Bato a porta atrás de mim e me apoio nela. Exausta.

Que dia longo do caramba.

Minha mãe limpou o quarto. Não que estivesse uma bagunça antes, mas posso perceber. Os travesseiros estão um pouco mais afofados e meu celular está cuidadosamente colocado no criado-mudo.

Tiro meus sapatos, pego o celular e o ligo. Apesar do meu surto mais cedo, ele ainda funciona. Olho para os números. Estão iluminados. Olhando para mim. Me provocando.

Seria tão fácil. Apenas dez dígitos rápidos e poderia ouvir a voz dele. Já faz um tempo desde a última vez em que a ouvi. Minhas mãos tremem um pouco. Como um viciado, precisando de uma dose, apenas um gostinho.

Você acha que ele atenderia?

Você acha que ele estaria sozinho, caso atendesse?

É este o pensamento que acaba com a vontade. Não vou ligar de jeito nenhum.

Mas, não costumo escutar as minhas mensagens de voz. Normalmente, eu apenas verifico a lista de chamadas perdidas. Nem costumo apagá-las.

Rolo a tela, até a data que preciso.

Pressiono "tocar".

"Oi, amor. O passeio de golfe passou da hora. Ia parar e comprar champanhe para mais tarde. Quer Dom ou Philipponnat? Sabe de uma coisa? Pensando bem, esquece o champanhe. Seu gosto é melhor do que os dois juntos. Chego em casa daqui a cinco minutos."

Fecho os olhos e deixo suas palavras resvalarem em mim. Drew tem uma voz incrível. Calma e tranquila, porém, ao mesmo tempo, maliciosa de um modo sedutor. Ele poderia trabalhar no rádio.

Aperto outro botão.

Desta vez, o tom é de provocação: "*Kaate, você está atrasada. Fala para a Deloris escolher a porra dos sapatos sozinha. Você tem um namorado que está sentado numa Jacuzzi grande e espumante, completamente solitário. Venha para casa, querida. Estou esperando por você*".

Como eu queria que, hoje, isso fosse verdade.

Tem mais, algumas são rápidas e objetivas, outras são completamente safadas. Escuto cada uma. Ele não diz "Eu te amo" em nenhuma delas, mas não precisa. Escuto isso em cada palavra. Cada vez que ele diz meu nome.

Não consigo parar de pensar em como tudo isso aconteceu. Como chegamos a este ponto? Será que temos como voltar?

Não choro. Não tenho mais lágrimas. Me enrolo no meio da cama. E a voz de Drew me nina até eu dormir.

Na tarde seguinte, Billy e eu estamos na sala dos fundos do restaurante, dividindo um prato de batatas fritas. Ele está trabalhando em uma música nova e pensa melhor em pé.

Está vendo ele ali? Andando de um lado para o outro, murmurando e zumbindo e, ocasionalmente, dedilhando o violão que está preso em seu peito?

Sento à mesa. Tentando pensar em como vou sair do desespero que está minha vida agora.

Quando Billy atravessa a porta que leva ao restaurante, algo prende sua atenção na janela redonda na parte de cima. E ele recua.

– Ah, merda.

Olho para cima.

– O quê? O que foi?

Em seguida, a porta se abre com violência. Bate na parede e fica parada, com medo de se mexer um milímetro. Porque lá, parada na entrada, com toda sua gloriosa fúria, está minha melhor amiga.

Deloris Warren.

Ah, merda mesmo.

Ela está usando botas vermelhas de couro que vão até o joelho, calça preta apertada, uma blusa preta enfeitada e uma jaqueta curta de pele falsa, preta e branca. Um monte de bolsas Louis Vuitton está pendurado em seus ombros, combinando com aquela grande que ela está carregando de carrinho.

E a raiva em seus olhos de cor âmbar faz com que eles brilhem como pedras de topázio recém-feitas.

– Será que alguém poderia me dizer por que tive de ficar sabendo pela *minha mãe* que estava rolando um reencontro dos Três Mosqueteiros em Greenville para a qual não fui convidada?

Ela pisoteia, avançando. Billy se mexe atrás da minha cadeira, me usando como escudo humano.

– Ou melhor ainda, será que alguém poderia me dizer porque minha melhor amiga saiu de Nova York como um morcego do inferno, deixando uma merda de tempestade que faz o furacão Sandy parecer a porra de um chuveiro, e eu não ter ideia do porquê?!

Ela dá outro passo para frente e joga as bolsas no chão. Depois, joga a cabeça para a direita, na direção da alegre adolescente loira, que está parada perto dos armários.

É a Kimberly. Ela é uma garçonete aqui. Trabalha depois da escola. Ela parece ser legal.

Neste momento, está assustada.

– Ei, Gidget, o que acha de fazer alguma coisa e me trazer uma coca--zero? Não economize no gelo.

Kimberly sai voando do lugar.

Garota de sorte.

Deloris aponta para mim e grita, como Jack Nicholson em *Questão de Honra*:

– E aí?! Você não pode me manter fora do jogo, Kate. *Eu sou* o jogo!

Minha voz sai sem força. Arrependida. Se alguma vez na vida você estiver no meio de um ataque de uma loba com raiva, deite-se e finja-se de morta. Será mais fácil desse jeito.

– Não queria estragar suas férias.

Deloris bufa.

– Se a Vaca da Rainha Alexandra não tivesse sido tão adorável... Ela nos ligou umas vinte vezes no hotel, enlouquecida, falando que tínhamos que voltar porque Drew precisava que alguém o observasse para ele não se matar.

Viro os olhos.

– Ela está exagerando.

– Também achei isso. Até ver o Príncipe das Trevas, com meus próprios olhos. Não estava nada bem.

Escuto as novidades como um pássaro recém-nascido, olhando para uma minhoca, esperando por mais coisas.

– Você viu o Drew? O que ele disse? Ele perguntou de mim?

– Quando o vi, ele não estava conseguindo falar algo muito coerente. A maior parte do tempo ele apenas murmurou como o idiota que é. Jack o estava segurando. Aparentemente, o idiota está aparecendo bastante nos bares ultimamente, e Jack tem o acompanhado, o que, na verdade, é um pouco assustador, levando em conta que Jack poderia ganhar o prêmio de Homem Cafajeste do ano.

Drew tem saído. Ido para bares. Com Jack O'Shay. Lembra-se da última vez em que Drew saiu com Jack, né? A garota do táxi?

Então, é assim que uma pessoa se sente ao ser apunhalada com um picador de gelo – bem no coração.

Billy fala com um tom sarcástico, desviando a raiva dela de mim.

– Oi, Deloris, é tão bom te ver também. Estou bem, obrigado por perguntar. O álbum? Está saindo muito bem, já está ganhando disco de platina triplo. A Califórnia? É fabulosa, não podia estar mais feliz. De novo... – ele coloca a mão na boca, imitando um microfone. – obrigado por perguntar.

Os olhos de Deloris miram diretamente para ele, encarando-o dos pés à cabeça. Eles não parecem muito felizes com o que veem.

– Conhece um barbeador? Você deveria comprar um. Se os homens mais primitivos conseguiram usar, acho que você poderia tentar. Ah, e o Pearl Jam ligou. Eles querem a camisa de flanela deles de volta.

Billy levanta as sobrancelhas.

– Está criticando meu estilo? Sério, Cruela? Quantos cachorrinhos tiveram que morrer para que você pudesse usar este casaco?

– Vá à merda.

– Passeando de novo, é? Achei que o Ministério do Turismo tivesse te impedido da última vez que tentou.

Deloris abre a boca para rebater, mas nada sai dela. Seus lábios com gloss se esticam lentamente em um sorriso.

– Que saudade de você, besta.

Billy pisca.

– Digo o mesmo, priminha.

Ele se senta na cadeira ao meu lado e Deloris se joga na outra.

– Tudo bem, Lucy. Explique essa porra.

Dou um longo suspiro.

– Estou grávida.

No início, Deloris não diz nada. Em seguida, ela faz o sinal da cruz.

– O anticristo desovou? Pelo amor de Deus, precisamos te benzer com água benta ou algo do gênero. Os Quatro Cavalheiros já chegaram?

Kimberly volta com um copo grande de refrigerante. Ela o coloca na frente de Deloris, depois corre para longe.

Deloris dá um longo gole.

– Tá, você engravidou inesperadamente, parabéns. Acontece nas melhores famílias. Qual o problema?

Olho para a mesa.

– Drew não quer o bebê.

Como você já sabe, minha melhor amiga não é muito fã de Drew. Quando se trata dele, ela *sempre* pensa o pior. *Sempre*. Então, espero que ela fique brava por mim. Espero ela desabafar, me dando uma bronca magnífica sobre homens canalhas e cachorros e doenças venéreas. Espero que ela se junte a mim em outra rodada do alfabeto de xingamentos.

Mas ela não faz nada disso.

Ao contrário, ela ri.

– Como assim? É claro que ele quer o bebê. Drew Evans *não* quer uma minicópia dele correndo por todo canto? É como você falar que Matthew não quer uma chupada quando estamos travados no trânsito. É ridículo.

Não preciso nem falar que estou surpresa.

– Por que você acha isso?

Ela encolhe os ombros.

– Pela conversa que tivemos uma vez. Além disso, ele e Mackenzie são como Master Blaster do *Mad Max*. Me diga o que ele te disse exatamente. Às vezes, homens falam muita porcaria, aí você tem que passar pelas merdas para entender o que eles realmente querem dizer.

– Ah, ele foi bem claro. Suas palavras exatas foram "termine isso". Lógico que a stripper com quem ele estava se beijando na hora também reforçou o que ele disse – digo amargamente.

Deloris aponta para mim, e agora parece nervosa.

– Nisso, eu acredito. Maldito imbecil – ela levanta as mãos – Mas tudo bem. Não se desespere. Vou cuidar de tudo. Temos um novo combustível no laboratório que está pronto para ser testado em animais. Ele não saberá o que o atingiu, posso passá-lo pelo ar.

Ela vira para Billy.

– Você está encarregado da mangueira do jardim e da fita adesiva – daí olha para mim. – Vou precisar das suas chaves e do seu código de segurança.

Mexo a cabeça.

– Deloris, você não pode matar o Drew intoxicado.

– Talvez isso não o mate. Se tivesse que apostar, diria que a chance de sobrevivência é de cinquenta por cento.

– Deloris...

– Tá, de trinta a setenta. Mas mesmo assim, isso nos dá uma desculpa plausível.

Minha mãe e George entram na sala, interrompendo o plano diabólico. Minha mãe abraça Dee Dee bem forte.

– Olá, querida! É tão bom te ver. Está com fome?

– Morrendo de fome – ela olha para George. – Oi, George, como está?

Acho que George Reinhart tem um pouquinho de medo da Deloris.

Talvez mais do que um pouquinho.

Ele arruma os óculos.

– Está... tudo bem... obrigado.

Minha mãe fala docemente.

– Olha os três aqui, todos juntos de novo, igual a antigamente.

Deloris sorri.

– Meio assustador, não acha?

Minha mãe pega na mão do George.

– Nós vamos preparar algo para vocês almoçarem, crianças.

Eles saem, e Deloris esfrega as mãos juntas, como a cientista louca que ela é.

– Agora, voltamos à câmara de gás...

Eu a corto.

– Deloris, não acho que vou participar disso.

Todos os traços de humor somem de seu rosto. Ela pensa por um momento. Olha pensativa, mas sem julgar. Ao falar, sua voz está séria. Mas gentil.

– Estarei 150 por cento do seu lado, Kate, você sabe disso. Mas, te conhecendo bem, vou te dizer uma coisa: se decidir fazer? Faça por você, porque é o que *você* quer. Se fizer isso porque acha que é o que Drew quer, ou como uma tentativa doida de arrumar as coisas com ele? Não o faça. Vai acabar se odiando, e culpando-o.

Não dá para enganar melhores amigos. Às vezes, é uma faca de dois gumes, pois isso significa que eles não vão deixar você se enganar.

– Não tomei nenhuma decisão. Ainda não.

O telefone de Deloris começa a tocar dentro da bolsa, e o som de "Sexy Bitch", do Akon, se espalha pelo ar. Enquanto ela tenta achá-lo, ela pergunta pro Billy:

– Você pode levar minha bagagem lá para o quarto da Kate? Vou ficar por aqui esta noite.

– Tenho cara da porra de um ajudante?

Deloris não perde uma.

– Não, você parece um mendigo. Só que não tenho um para-brisa em que você possa cuspir. Então, seja um vagabundo bonzinho e leve minhas malas lá pra cima, aí talvez eu te dê um dólar.

Com um sorriso malicioso, Billy faz o que ela pede, mas reclamando:

– Tudo estava *tão* mais legal quando ela não estava por aqui.

Deloris olha para o telefone.

– Droga, é o Matthew. Juro por Deus, esse cara não consegue nem cagar sem antes me ligar para falar a cor da merda dele – ela sai pela porta dos fundos para atender ao telefone na parte de fora.

Billy olha para mim.

– Ok, apesar de ser um cara, até eu achei isso nojento.

Não posso dizer que não concordo com ele.

Alguns minutos depois, Deloris volta correndo para a sala. Ainda falando ao telefone e soltando os cachorros.

– De todas as coisas idiotas, corajosas e estúpidas para dizer... quando eu acabar com você, elas vão ter restaurado sua virgindade, garotão!

Ela aperta o botão de desligar mais forte do que o necessário.

– Algum problema?

– Sim. O problema é que as pessoas são o que têm entre as pernas. Isso explica o porquê de o meu marido estar se comportando como um pinto enorme, gordo e incircuncidado!

Cubro os ouvidos.

– Deloris, muita informação! M-U-I-T-A – tem algumas coisas que você não quer saber sobre o marido da amiga. – O que aconteceu?

Ela bufa e senta perto de mim.

– Parece que depois que saí para o aeroporto nesta manhã, Matthew foi ver como Drew estava. O apartamento estava trancado igual a um cofre, mas Matthew tinha uma chave extra. Então, ele entrou e encontrou seu ex-namorado bundão desmaiado, bêbado, no chão do banheiro. *Depois* que ele resolveu dar uma de louco, botando fogo na merda da banheira.

– O quê?!

– Isso mesmo. Matthew disse que, se ele não tivesse chegado naquela hora, ele poderia ter botado fogo em todo o lugar.

Mexo a cabeça, sem acreditar.

– O que ele estava queimando?

Deloris encolhe os ombros.

– Matthew não disse.

É lógico, mas aposto que não eram as coisas do Drew que estavam em chamas.

Desgraçado.

Deloris continua.

– Aí o Matthew inventou uma desculpa patética para a embriaguez dele. No início, Drew não queria falar, mas Matthew insistiu. E, depois, ele botou tudo para fora igual óleo no Golfo.

Meu estômago se aperta.

– Ele... ele... contou para Matthew sobre o bebê?

Deloris acena.

– Matthew disse que Drew lhe contou tudo o que aconteceu entre vocês dois.

Ok. Isso é uma coisa boa. Se Drew está contando para sua família que estou grávida, talvez ele tenha mudado de ideia. Talvez ele precisasse apenas de um pouco de tempo para se acostumar com a ideia. Matthew é uma ótima pessoa com quem conversar nesta situação. Não tão bom quanto Steven ou Alexandra, mas ele tem uma boa cabeça. Pelo menos se compararmos com o Drew.

– O que Matthew disse?

Deloris range os dentes.

– Ele disse que não acreditava que você poderia ter feito algo desse tipo com o Drew.

– *Como?*

Coloca a música.

É de *Além da imaginação.*

No final das contas, sabia que o time de Nova York ficaria do lado de Drew, disse que eles iam. Mas pensei que... talvez... eles me defendessem. Ou pelo menos, ficariam bravos com os métodos dele.

Deloris coloca uma mão sobre a minha.

– Não deixe o que Matthew disse te abalar. Era óbvio que ele apoiaria o Drew, do mesmo jeito que eu te ajudaria a enterrar o corpo, mesmo que fosse o da minha amada mãe.

– Deloris, isso é doentio.

– Ah, sério? Não foi você quem entrou na casa e escutou sua mãe transando com o xerife Mitchell!

Fico boquiaberta.

Deloris continua falando enojada.

– E estavam fazendo um escândalo. Como o som alto de um cinema IMAX. Vou me lembrar disso pela minha vida toda.

Vamos parar aqui por um momento.

Você nunca conheceu o bom xerife, então deixa eu te explicar. Enquanto crescíamos, o xerife Ben Mitchell era o espinho em nossas colunas, a pedra no nosso caminho, o que atrapalhava nossa vida. Ele não tinha nada mais interessante para fazer do que ficar nos seguindo: acabava com nossas festas banhadas à cerveja, parava o carro de Billy no meio da rua para procurar por maconha nele.

Ele sempre achava que a gente estava planejando algo... e ... bom... ele estava certo.

Mas isso não vem ao caso.

Apesar de o xerife Mitchell ter quase a mesma idade de nossos pais, para nós, ele sempre pareceu mais velho, como aquele vizinho reclamão com uma bengala que nunca te deixa jogar beisebol, porque, acidentalmente, a bola cai no quintal dele. Mitchell nunca se casou e não saía com ninguém pelo que sabíamos, então a gente achava que seu rosto cheio de rugas e sua atitude chata vinham de alguma inabilidade extrema de transar.

Amélia Warren é o oposto de Mitchell, em todos os sentidos. Ela tem um espírito livre. Faz parte do Clube de Cristais com Poder de Cura, com carteirinha de membro oficial. Uma hiponga moderna.

Uma mera ideia deles juntos, transando, é tão horripilante quanto peculiar.

Tremo.

– Está certa. Isso é doentio.

Billy desce as escadas pulando.

– O que é doentio?

Deloris joga a bomba.

– Amélia e o velho Mitchell transando, na mesa da cozinha.

Billy faz careta e reclama.

– Ah, cara... eu comi naquela mesa hoje de manhã.

Me viro para ele.

– Você sabia disso?

– Tinha minhas suspeitas. Mas esperava estar errado.

Deloris concorda.

– Todos nós, né? Não sei o que foi pior: ter que escutar minha mãe gemendo de êxtase ou escutá-lo implorar por mais e ter que visualizar a porra que ela estava fazendo para ele.

Cubro a boca

E rio.

Todos nós rimos. Começa com algo pequeno, e depois cresce – até um clímax de batidas na mesa, lágrimas nos olhos, barriga doendo. – Ai... meu... Deus!

Apesar de Deloris estar gargalhando, ela insiste:

– Não é engraçado! Acho que minhas partes femininas estão machucadas. Toda vez que penso nisso, minha vagina dá um aperto como uma ostra lutando para continuar fechada.

Gargalhamos ainda mais alto. E é a primeira risada verdadeira que tive desde que tudo começou. Minhas bochechas e juntas doem, e me sinto ótima.

Sabe, às vezes tento e imagino como minha vida seria se a Dee Dee não estivesse nela. E depois paro.

Pois não consigo imaginá-la.

Capítulo 13

Depois que ajeitamos as coisas da Deloris no meu quarto, Billy ligou para seu agente. Ele estava planejando fazer um show aqui, em um barzinho chamado Sam's Place, onde ele costumava tocar quando estava no Ensino Médio. Queria honrar o lugar de onde ele veio, dar algum tipo de retorno para os residentes daqui, como o Bruce Springsteen sempre faz no Stone Pony.

E é no Sam's Place onde estamos agora.

Está lotado. Só dá para ficar em pé. Deloris e eu estamos na frente, nossos braços estão se batendo conforme dançamos e cantamos. Billy está no palco, tocando algumas músicas até sua primeira pausa. Ele está fantástico. Com jeans escuro, uma camisa branca translúcida de botões e está com a barba feita.

Ele tem uma boa presença de palco, sabe o momento de agitar a plateia arranhando a guitarra ou quando deixá-la mais calma, tocando uma música sentimental.

Nunca estive tão orgulhosa dele.

A música termina e alguém no fundo grita que todos o amam. Billy olha para baixo e ri, um pouco envergonhado. Em seguida, ele fala no microfone.

– Também amo vocês. A próxima música é nova. Ainda não toquei em nenhum lugar, mas queria tocar para vocês nesta noite. É dedicada para alguém que acreditou em mim, mesmo quando não havia muita razão para isso. Quero que ela saiba que sempre estarei ao seu lado, que ela sempre estará em meu coração e nunca estará sozinha.

Seus olhos encontram os meus no meio da multidão. E ele pisca. Aceno, mostrando que recebi a mensagem. Ele começa a cantar.

Os anos parecem como ontem
Não consigo acreditar como o tempo voa
Não quero perder outra oportunidade
Sem que você saiba
O que sempre devia ter sabido
Te pego, se você tropeçar
Te levanto, se você cair
Te seguro, quando estiver machucada
Mas, amor, mais do que isso,
Estarei ao seu lado... então, você nunca estará sozinha
Nunca se sinta sozinha

A batida pulsa na minha barriga. E escuto os versos. Penso em como sou sortuda por ter todas estas coisas. Bênçãos inestimáveis e preciosas. Tenho uma família que me ama. Amigos que morreriam por mim. Literalmente.

Penso em quem eu sou. Sobrevivi à morte de meu pai com minha alma intacta. Me formei na Universidade de Wharton como a melhor aluna. Lembra quando comecei a trabalhar no escritório? E Drew Evans era o menino de ouro? Coloquei-o no lugar dele, expulsei-o de um lado do escritório para o outro.

Eu fiz aquilo.

Pois era teimosa. E esperta. E porque acreditei ser capaz. Drew uma vez me disse que é possível mudar a cor das paredes, só que o lugar continua o mesmo.

E ele estava certo.

Eu era tudo aquilo antes dele, e continuo sendo todas aquelas coisas agora.

Sem ele.

A partir de agora, a cada dia que passar
Vou tentar dar o meu melhor
Para te mostrar o que você significa pra mim
Pois se não tiver você ao meu lado
Nada disso importa
Não quero perder outra oportunidade
Sem que você saiba
O que sempre devia ter sabido

Alguma vez você já perdeu as chaves? Procurou em todos os bolsos e tirou as almofadas do sofá. Aí, depois de procurar por uns dez minutos, você se vira e lá estão elas. Na mesa. Na sua cara o tempo todo.

É quase como se fosse muito fácil enxergar a resposta logo de cara.

É como isso parece.

Porque, de repente, sei o que quero. Estou confiante. Determinada. Sei do que sou capaz. Não será fácil, mas as melhores realizações nunca são. Coisas como escalar o Everest ou se tornar o presidente? São difíceis. Mas valem muito a pena.

Te pego, se você tropeçar
Te levanto, se você cair
Te seguro, quando você estiver machucada
Mas, amor, mais do que isso,
Estarei ao seu lado... então, você nunca estará sozinha
Nunca se sinta sozinha

Me imagino daqui a alguns anos, voltando para casa pelas ruas da cidade do serviço que amo, com uma mão segurando uma pasta e a outra, a mãozinha fofa da minha menininha ou menininho.

Nos vejo na mesa da sala de jantar, fazendo a lição de casa e conversando sobre o nosso dia. Vejo momentos de contar histórias, horas de dormir, momentos de cócegas, abraços e beijos de afeto.

Ser mãe solteira não foi algo que planejei, mas agora? É o que eu quero ser.

Estarei lá a cada passo no caminho
Não perderei um momento
Estarei lá a cada passo no caminho
Não perderei um momento

Sabe aquele ditado? Os projetos mais bem elaborados, sejam de ratos ou de homens...? Acho que é melhor se lembrar dele neste momento.

Porque logo que a decisão começa a criar raízes na minha mente, sinto uma fraca dor latejante. Vocês, mulheres, sabem do que estou falando. Aquela cãibra, que puxa no abdômen inferior. E um molhado quente e espesso escorre pelas minhas pernas, pingando da minha calcinha.

Meu coração começa a bater mais forte no meu peito, então vou para o banheiro. Torcendo para eu estar errada.

Mas, quando chego ao lavabo, vejo que não estou.

Volto tropeçando do banheiro, no meio da multidão. Minhas mãos estão tremendo de terror, de medo. Porque isso está errado.

Errado, errado, errado.

Agarro o braço de Deloris e digo para ela. Mas a música está muito alta e ela não me escuta. Puxo-a para o fundo do bar, onde está mais silencioso, e faço força para falar.

– Dee, estou sangrando.

Forrest Gump não sabia de nada. A vida não é uma caixa de chocolates. Os médicos são.

O médico vivaz, porém inexperiente, recém-formado na faculdade de Medicina, ou aquele sabichão veterano, que está terminando o turno de vinte horas, você nunca sabe quem vai te atender.

– Aborto espontâneo.

Meus olhos desviam do borrão cinza da tela de ultrassom para os olhos azuis de ferro do médico do plantão de emergência. Mas ele não está olhando para mim, está muito ocupado, escrevendo na sua prancheta.

– O que... o que você disse?

– Aborto espontâneo, aborto. É comum no primeiro trimestre.

Faço um esforço para processar as palavras que ele disse, mas não consigo entendê-las.

– Está... está dizendo que estou perdendo o meu bebê?

Finalmente, ele olha para cima.

– Sim. Se você já não o perdeu. Está no começo da gestação, é difícil dizer.

Enquanto ele limpa o gel gelado e transparente do meu abdômen, Deloris aperta minha mão. No caminho para o hospital, ligamos para a minha mãe, mas ela ainda não chegou.

Recebo a notícia com dificuldades, mas me recuso a desistir. Sou teimosa, lembra?

– Não tem algo que você possa fazer? Terapia hormonal ou ficar de repouso? Posso ficar de repouso pelos próximos nove meses, se isso ajudar.

Ele está com um tom de voz suprimido e impaciente.

– Não tem nada que eu possa prescrever para parar com isso. Confie em mim, você não iria gostar. Aborto espontâneo é uma seleção natural, um jeito de o corpo reagir para acabar com um feto que possui algum tipo de deformidade catastrófica que o impediria de viver fora do útero. Você está melhor assim.

O quarto começa a rodar, enquanto as pancadas continuam vindo.

– Você precisa fazer uma consulta de acompanhamento com seu ginecologista. Quando o tecido do feto for expelido, você deverá tirá-lo do vaso com uma peneira. Depois, coloque-o em um recipiente à prova de vazamento, pode ser um pote de geleia, pois daí seu médico poderá analisar os restos e garantir que o útero esteja vazio. Se toda a matéria uterina não estiver...

Encosto a parte de trás da minha mão na boca para controlar o nervosismo. E Deloris corre para me resgatar.

– Já basta. Obrigada, doutor Frankestein, nós resolveremos daqui em diante.

Ele se ofende.

– Preciso dar instruções precisas à paciente. Se algum tecido ficar dentro do útero, isso poderá levar à sepse ou até à morte. Talvez ela precise de uma D&C para prevenir uma infecção.

Falo com um tom de voz fraco.

– O que é... o que é D&C?

A sigla não me é estranha. Tenho certeza de que, em algum momento da vida, aprendi a definição, mas não consigo me lembrar.

– Extração a vácuo.

Algumas imagens surgem na minha cabeça com suas palavras, e sufoco.

Ele continua:

– Uma mangueira de sucção é colocada no colo do útero.

– Meu Deus, pare de falar! – grita Dee Dee – Será que não dá pra ver que ela tá chateada? Você tava na porra do banheiro quando ensinaram boas maneiras na faculdade de Medicina?

– Como licença, senhorita, não sei quem você acha que é, mas não vou escutar isso...

Dee Dee aponta para a saída cortinada, como o estalo de um cumprimento de um soldado.

– Saia daqui. Ela vai marcar uma consulta com a ginecologista. Não temos mais nada para tratar com você.

Uma brisa leve passa por mim, e não tenho certeza se é o médico. Pois meus olhos se recusam a se focar, e minha mente está cambaleando. Tentando compreender estas últimas mudanças de eventos... e falhando miseravelmente.

Deloris coloca a mão em meu braço e minha cabeça se vira para ela, surpresa.

Como se tivesse me esquecido de que estava lá.

– Kate? Se arruma agora, tá? Vou te levar pra casa.

Aceno, sem sentir nada. Parece que nem estou aqui, como se fosse uma experiência fora do corpo. Ou um pesadelo. Porque isso não pode, de maneira alguma, estar acontecendo.

Depois de tudo... não é possível que é assim que as coisas terminam.

Deloris me veste, como se fosse uma criança. Em seguida, me ajuda a sair da maca. Juntas, seguimos até o carro.

De volta ao meu quarto, Deloris senta na ponta da cama e minha mãe me prende nas cobertas. Seus olhos brilham de lágrimas que não caem.

Mas não as minhas. As minhas estão tão secas quanto o deserto do Saara.

Áridas.

Minha mãe coloca meu cabelo para trás e tira alguns fiapos dos lençóis da cama.

– Quer comer algo, querida?

Sua voz soa um pouco desesperada, procurando por alguma ação que faça com que isso fique melhor. Mexo a cabeça, sem dizer uma palavra. Porque nem mesmo toda a sopa de galinha no mundo me ajudará neste momento.

Não desta vez.

Ela beija minha testa e sai do quarto, fechando a porta. Deloris e eu ficamos sentadas. Quietas.

Eu devia me sentir... aliviada. Pois, há apenas um tempinho, pensava que era isso o que queria, né? Longe do meu alcance.

Problema resolvido.

Mas a única coisa que sinto é... arrependimento. Remorso. Enche meus pulmões e aperta em mim a cada respiração. Porque lá no fundo, por baixo de todo medo e do choque e da incerteza, eu queria este bebê. Eu amava este pedacinho perfeito meu e do Drew. Amava muito.

Só não percebi isso a tempo.

Tarde demais. Valorize o que tem, antes que seja tarde demais. Muitos clichês, e todos tão verdadeiros. Logo depois, um pensamento me pega, tiro as cobertas e pulo da cama. Abro minhas gavetas e fuço nelas, procurando por algo, frustrada.

Depois, fico de joelhos em frente ao armário e arrasto a mala que trouxe de Nova York. E procuro dentro dela, como uma viúva que perdeu a aliança de casamento.

– Katie?

Aí, encontro. A camisetinha que comprei naquela noite. Aquela que eu ia dar para o Drew, para contar a ótima notícia.

Olho para ela e sinto as lágrimas escorrendo. Passo meus dedos pelas letras: FUTURO ARREMESSADOR DO YANKEES. E vejo, de novo, aquele menininho na minha mente. Meu lindo menininho.

Nosso.

Aquele com os olhos do pai e um sorriso irresistível. Aquele que nunca existirá. Coloco a camiseta no rosto e cheiro. Juro por Deus que ela tem cheiro de talco de bebê.

– Me desculpe. Me desculpe mesmo – meus ombros mexem e uma moção cai de meus olhos. Respiro com dificuldade e agarro a camiseta contra mim, do jeito que uma criança faz com seu bicho de pelúcia favorito. – Por favor, não tive intenção de fazer isso. Estava apenas assustada... eu não ia...

Não sei com quem estou falando: se é comigo, com o bebê ou talvez com Deus. Apenas preciso dizer essas palavras, para que elas saiam e sejam reais. Para que o universo saiba que não era assim que eu queria que as coisas terminassem.

Deloris esfrega minhas costas para que eu saiba que ela está lá. É ela quem está atrás de mim, como sempre. Viro para ela. Encosto a cabeça em seu peito, e começo a chorar muito.

– Meu Deus, Dee. Por favor...

– Eu sei, Kate. Eu sei.

Ela também está com voz de choro. Porque os verdadeiros amigos são assim, eles dividem até a dor. Sua agonia é a deles, mesmo que não seja do mesmo tamanho.

– Está bem... vai ficar tudo bem – ela tenta.

Mexo a cabeça.

– Não, não vai. Nunca vai ficar tudo bem de novo.

Os braços de Deloris me envolvem forte, tentando me manter abraçada o mais forte possível.

– *Por quê?* Não entendo. Por que isto aconteceu? Drew e eu somos... e agora o bebê... tudo isso aconteceu por nada. *Nada.*

Te falei que você ia perguntar sobre a razão, lembra?

Deloris alisa meu cabelo. E sua voz está tranquila.

– Não sei por que, Katie. Gostaria poder te dizer... mas... não sei.

Ficamos daquele jeito por um tempo. Mais tarde, com o tempo, as lágrimas param de cair. Volto para a cama e Deloris senta ao meu lado. Olho para a camisetinha de novo e mexo a cabeça.

– Dói tanto. Não sabia que algo podia doer tanto assim.

– Tem algo que você quer que eu faça, Kate?

Meus olhos desabafam em silêncio. Minha voz se torna frágil.

– Quero o Drew. Quero ele aqui comigo.

Se o mundo fosse como deveria ser, ele estaria aqui. E estaria se sentindo tão mal como estou. Tentaria esconder isso, mas eu saberia. Ele subiria nesta cama comigo e me abraçaria e eu me sentiria segura, e amada... e perdoada.

Ele me diria que este ainda não era o momento certo. Mas caso eu quisesse um bebê, ele me daria uma dúzia. Drew gosta de exagerar.

Depois, ele me beijaria. E seria gentil e doce. Aí falaria alguma coisa besta como "Imagina como nos divertiríamos fazendo eles". E eu sorriria. E doeria um pouquinho menos.

Apenas por ele estar comigo.

Deloris acena e pega o telefone. Mas minha mão cobre a dela, interrompendo-a. Ela olha para mim, compreendendo, como se já soubesse o que estou pensando. E ela provavelmente sabe.

– Ele virá, Kate. Você sabe que ele virá.

Mexo a cabeça.

– Deloris, você não estava lá. Ele foi... cruel. Nunca o vi tão nervoso. Era como... como se ele pensasse que eu estava escolhendo o bebê em vez dele. Como se tivesse traído ele.

Fecho os olhos para não me lembrar daquilo.

– Ele ficará feliz. Ficará feliz que o bebê sumiu... e aí eu o odiarei.

Mesmo depois de tudo o que aconteceu, ainda não estou pronta para odiar Drew Evans.

Deloris suspira. Ela tira a mão de perto do telefone.

– Acho que você está errada. Sou a primeira a falar o quanto o Drew pode ser um idiota, mas... não consigo imaginá-lo ficando feliz por algo que te machucou. Pelo menos, não algo assim.

Não respondo para ela, pois a porta do quarto é aberta. Billy entra. Ele parece cansado, seu rosto está carrancudo, e sei que minha mãe contou para ele.

– Está bem?

Mexo a cabeça.

– Sim. Na medida do possível – ele senta no pufe e esfrega os olhos – Isso é apenas... totalmente fora do normal. Quando coisas fora do normal acontecem? Tudo o que se pode fazer é se sentir fora do normal também.

É aí que percebo que ele trouxe uma sacola com ele. Igual àquelas de mercado, branca, e está cheia.

Ele pega e tira algumas coisas. Tem alguns pacotes de maconha, um maço de Marlboro Red e duas garrafas de tequila. Olho para o líquido com cor de mel. E penso em música mexicana, pele quente e sussurros à meia-noite com o Drew.

Eu te amo, Kate.

Desvio o olhar.

– Não posso beber tequila.

Como Mary Poppins, com sua sacola sem fundo, Billy coloca a mão mais no fundo e tira uma garrafa de Grey Goose.

Aceno lentamente.

– Mas pode ser vodca.

Capítulo 14

Já lambeu o chão do banheiro masculino do estádio dos Yankees? Eu também não. Mas agora sei qual é o gosto.

Isso mesmo, estamos de ressaca. É um inferno. Esqueça os escravos. Se o exército conseguisse desencadear este sentimento? Haveria paz mundial.

Estou no consultório da ginecologista da minha mãe. Billy e Deloris vieram também para dar apoio moral. Está nos vendo ali? Sentados um ao lado do outro nas cadeiras, como três alunos malcriados, esperando do lado de fora da sala do diretor. Deloris está usando óculos de sol, apesar de estarmos na parte de dentro, lendo um panfleto sobre o novo Viagra feminino. Billy está dormindo, de boca aberta, com a cabeça caindo para frente e encostado na parede atrás de nós. Minha mãe também está aqui, dando uma olhada numa revista, sem ao menos ler uma palavra.

Estou apenas sentada, me esforçando para não olhar aqueles quadros de bebês recém-nascidos, cobrindo as paredes.

Billy ronca bem alto e Deloris soca ele na costela com o cotovelo. Ele acorda gaguejando:

– Blitz das bananas de macacos em bolhas!

Olhamos para ele, questionando.

Aí ele percebe onde está.

– Desculpa. Tive um pesadelo – ele encosta a cabeça para trás na parede de novo e fecha os olhos. – Sinto como se estivesse com gases – Deloris e eu acenamos juntas. Billy jura com seriedade: – Nunca mais beberei novamente. Estou falando sério.

Sua prima zomba:

– Já ouvi isso antes.

– Estou falando sério desta vez. Não tomo mais álcool. Daqui para frente, será apenas maconha.

Claro, isso faz muito sentido.

Já que estamos esperando, vamos parar um pouco para refletir sobre um dos mais sagrados rituais de passagem de uma mulher: o exame ginecológico. É extremamente bizarro.

Sabe, durante toda nossa adolescência, todo mundo fala para nós, garotas, ficarmos puras. Manter nossas pernas fechadas, nossos joelhos juntos. Aí completamos dezoito anos. Temos que ir para um consultório e nos encontrar com um médico que, levando em conta as estatísticas, deve estar na meia-idade. Depois temos que nos despir – ficamos completamente nuas. E deixá-lo nos sentir. Colocar um dedo em nós. *Um completo estranho.*

Ah, e tem a melhor parte: a conversa. Sim, ele conversa com você durante o exame. *Como vai a escola? Hoje está chovendo pra caramba, né? Sua mãe tá bem?* Tudo isso para tentar te distrair do fato de que ele está totalmente dentro da sua vagina.

O quão estranho é?

E vocês, homens, aí fora, não fiquem fazendo drama e choramingando sobre os horrores do exame de próstata. Nada se compara a isso. Um dedinho na bunda pode ser até um pouco agradável. Pelo menos vocês não têm que levantar as pernas em uma geringonça que, originalmente, era para ser um aparelho de tortura medieval. As mulheres, com certeza, ficaram com o pior desta vez.

Uma enfermeira de roupa azul chama meu nome. Minha mãe e eu nos levantamos e entramos na primeira sala de exames à esquerda.

Tiro as roupas e coloco o avental de plástico rosa, abrindo a parte da frente, lógico.

É pra te ver melhor, Chapeuzinho Vermelho.

Sento na maca, o revestimento de papel rasgando embaixo de mim. Minha mãe fica em pé ao meu lado, esfregando meu braço para mostrar que está ali. E aí o médico entra.

Presta atenção. Barba branca. Bochechas fofinhas. Óculos arredondados. Dê a ele um chapéu vermelho e ele poderia dirigir o último carro alegórico da parada de Ação de Graças.

Tenho que ir adiante com o Papai Noel? Está brincando?

O Natal nunca mais será o mesmo.

– Oi, Katherine. Sou o doutor Witherspoon. Joan Bordello, a médica da sua mãe, está de férias...

Claro que ela está.

– ... e eu a estou substituindo – ele olha para o documento que está em suas mãos. – Levando em conta a data do seu último ciclo menstrual, você está de quase seis semanas no seu primeiro trimestre?

Aceno.

– E você teve um pouco de sangramento e cólica?

– Isso mesmo.

– Pode me descrever o sangue? A cor? Havia algum coágulo?

Falo rouca.

– Começou com um vermelho-amarronzado. Como o primeiro dia da menstruação. No caminho para o hospital, teve um jato... de sangue vermelho brilhante... e depois... ficou marrom de novo. Eu não achei... não acho que tinha coágulo.

Ele acena e seus olhos demonstram ternura.

– Li o relatório do médico da emergência, mas gostaria de dar uma olhada. Posso, Katherine?

Forço um sorriso.

– Tudo bem. Pode me chamar de Kate, todo mundo me chama assim.

– Tudo bem, Kate. Quando estiver pronta, deslize para a ponta da maca e coloque seus pés nos estribos, por favor.

Enquanto faço o que ele pede, ele puxa um carrinho com um monitor e um teclado. Em seguida, pega um grande instrumento branco de plástico, que parece... bem... como um consolo.

Para elefantes.

Levanto a cabeça da maca.

– Hã... o que é isso?

– É um ultrassom intrauterino. Parece um pouco assustador, eu sei... Sem gracinhas, Noel.

– ... mas não doerá nada.

Em seguida, ele tira um pacote de alumínio, o rasga e enrola uma camisinha extragrande no consolo do elefante.

Não estou brincando. Não podia inventar isso nem se quisesse.

– Tente apenas relaxar, Kate.

Claro. Sem problemas. Vou fingir que estou em um *spa*. Tendo uma massagem nos ovários.

Ele insere o instrumento, com cuidado. E me encolho. A sala fica em silêncio, enquanto ele mexe a vara pra dentro e pra fora. Ele não estava mentindo, não dói. É apenas... constrangedor.

– Ainda está sentindo cólica?

Olho para o teto ladrilhado bege, de propósito para evitar a telinha.

– Não. Pelo menos não desde ontem à noite – tenho certeza de que o álcool e a maconha desativaram todos os nervos de dor no meu corpo.

Escuto umas batidinhas de botões no teclado, e a vara é removida.

– Pode se sentar agora, Kate – eu me sento – Está vendo aquela luz cintilante ali?

Olho fixamente para a tela, na direção em que ele aponta.

– Sim.

– É a batida do coração do seu bebê.

Minha respiração se acelera nos pulmões. Fico pasma.

– Você quer dizer... que ele ainda está... vivo?

– Isso mesmo.

Aperto as mãos e sinto as lágrimas voltarem, prontas para jorrarem como em uma represa enfraquecida.

– Quando irá... daqui quanto tempo antes... de eu perdê-lo?

Ele coloca uma mão por cima das minhas.

– Com base no meu exame, nos seus níveis hormonais e no que você me disse, não vejo razão alguma de você o perder.

Levanto a cabeça rapidamente.

– Espera... o quê? Mas o médico ontem à noite falou...

– Pode ser um pouco difícil detectar a batida do coração de um feto tão novo com um ultrassom tradicional. Quanto ao seu sangramento, é normal ter umas manchinhas no primeiro trimestre. No entanto, seu colo do útero está fechado, o funcionamento do seu sangue está normal e a taxa de batidas do coração do feto também. Todos esses fatores indicam uma gravidez rotineira, que poderá progredir até o final.

Minha mãe coloca os braços ao redor dos meus ombros, aliviada e empolgada. Mas preciso saber mais.

– Então, você está dizendo... que vou ficar com ele? Que terei esse filho?

Doutor Witherspoon sorri.

Com um som divertido.

– Sim, Kate. Acredito que você continuará com este bebê. Ele deve vir no dia 20 de outubro. Parabéns.

Cubro a boca e lágrimas escorrem. Estou sorrindo tanto que meu rosto dói. Abraço minha mãe.

– Mãe...

Ela ri.

– Eu sei, querida. Estou tão feliz por você. Eu te amo tanto.

– Eu também te amo.

É assim que deveria ter sido da primeira vez. Sem medo. Sem dúvidas. Apenas felicidade. Euforia.

É o momento mais maravilhoso da minha vida.

Boto as roupas mais rápido do que uma esposa pega no ato de traição e vou correndo para a sala de espera. Deloris e Billy olham para mim, surpresos.

– Ainda estou grávida! Não tive um aborto!

Eles levantam.

– Cacete!

– Sabia que o Doutor Idiota não tava com nada!

Sorrisos e abraços são compartilhados como drogas no Woodstock. Minha melhor amiga pergunta:

– Então, acho que você se decidiu, não é? Vai ficar com ele?

Minhas mãos descem até o meu abdômen, já imaginando a barriguinha.

– Até ele completar dezoito anos e ir para a faculdade. Mesmo quando estiver lá, talvez eu o obrigue a morar em casa e fazer uma viagem todo dia.

Ela acena, dando o tão cobiçado selo de aprovação de Deloris Warren.

Billy fica de joelhos na minha frente.

– Oi, aí dentro. Sou o tio Billy – em seguida, ele olha para mim, preocupado. – Posso ser o tio Billy, né? Você tem que me deixar ser o tio Billy. A outra única chance que tenho é com Deloris, e quem sabe que coisa maluca da natureza vai sair de lá.

Deloris dá um tapinha na cabeça dele.

Rio.

– Claro, você pode ser o tio Billy.

– Legal – ele se concentra na minha barriga. – Ei, garotão. Não se preocupe com nada, vou te contar tudo o que precisar saber. Repita comigo: Strat-o-caster.

Deloris mexe a cabeça.

– Ele não consegue te entender, Bundão. Tem o tamanho de um girino.

– Depois da noite passada, é provavelmente um girino *bêbado*. Mas tudo bem, né? Vai fazer com que ele seja mais tolerante, que ele fique mais forte?

Deloris ri.

– E se for uma menina?

Billy encolhe os ombros.

– Acho que alguns homens gostam de mulheres fortes. Você se surpreenderia.

Me afasto dos irmãos Tweedledum-Tweedledee e ando pelo corredor até o doutor Witherspoon. Minhas palavras saem debilitadas. Com culpa.

– Com licença? Desculpa te atrapalhar... mas... ontem à noite... estava chateada e... bebi álcool e fumei cigarros – falo mais baixo – e maconha. *Bastante*.

Uma chamada de um programa de TV passa pela minha mente:

"Síndrome do Alcoolismo Fetal."

"Superprematuros."

"Com pouco peso no nascimento."

Ele coloca a mão no meu ombro me tranquilizando.

– Você não é a primeira mulher a ter alguns... comportamentos inadequados antes de descobrir que estava grávida, Kate. Bebês no útero são mais fortes do que você pensa. Eles têm a habilidade de superar exposições momentâneas a drogas e ao álcool. Então, contanto que a partir de agora você se abstenha destas substâncias, provavelmente não haverá nenhum efeito duradouro.

Agarro seu pescoço, quase fazendo ele cair no chão.

– Obrigada! Muito obrigada, Doutor Noel, é o melhor presente de Natal que já recebi!

Volto correndo para Deloris e Billy.

– Ele disse que não tem problema! – Ficamos pulando em círculos como três crianças no parquinho, brincando de ciranda cirandinha.

Quase tudo está perfeito. *Quase*. Ainda tem algo faltando.

Alguém.

A outra única pessoa no mundo que deveria estar tão feliz quanto eu neste momento. Ele deveria estar aqui. Ele deveria estar me pegando no colo, me rodando, me beijando até eu desmaiar. Para depois me falar que é lógico que o bebê está bem, pois seu superesperma fodástico é indestrutível.

Não consegue ver?

Mas ele não está aqui. Essa é a realidade. Gostaria de te dizer que não dói, que não sinto saudades dele, que não me importo mais. Mas essa seria uma mentira das grandes. Eu amo o Drew. Não consigo me imaginar deixando de amá-lo. E, mais do que tudo, quero dividir isto com ele.

Mas nem sempre temos tudo o que queremos, às vezes temos apenas que agradecer pelo que temos. E sou grata. Feliz. Pois terei este filho e cuidarei dele. Não preciso fazer isso sozinha. Tenho minha mãe e George, Deloris e Billy, não faltarão mãos para ajudar. Ele terá um amor que daria para dez bebês.

Há 48 horas, não sabia do que era capaz, qual tipo de aço corria pelas minhas veias. Agora eu sei. E acho que essa é a moral da história.

Você precisa cair, arranhar as palmas de suas mãos e joelhos, antes de saber que é capaz de se levantar sozinho.

Por isso, não se preocupe comigo. Ficarei bem. Com o tempo, ficarei ótima. *Ficaremos* ótimos.

Paramos no estacionamento dos fundos do restaurante e minha mãe entra correndo pela porta dos fundos. Ela deixou George comandando a embarcação, e está um pouco ansiosa para ver se ele não afundou o barco por conta própria.

Enquanto eu, Deloris e Billy andamos, menos apressados, Deloris me pergunta:

– Então, Stan, qual é seu plano?

Respiro fundo e forço os olhos vendo o céu. Parece um novo dia. Uma página em branco. Um novo começo. Sei que estou falando mais clichês.

Mas que também não deixam de ser verdadeiros.

– Vou ficar por aqui por mais um ou dois dias. Para... recarregar as baterias. Depois, vou voltar para Nova York. Drew e eu vamos conversar seriamente. Tenho algumas coisas para dizer, e ele terá que escutá-las, querendo ou não.

Ela bate de leve no meu ombro.

– Essa é minha garota. Descontando sua raiva no besta.

Sorrio. Billy abre a porta para nós, mas não entro com Dee Dee. Ele pergunta:

– Não vai entrar, Katie?

Coloco o polegar no ombro.

– Vou dar uma volta. Para clarear a mente, sabe? Pode avisar minha mãe?

Ele acena.

– Claro. Demore o quanto quiser. Estaremos por aqui quando voltar.

A porta fecha, depois que ele entra.

E vou até meu carro.

Então aí está. Você já sabe de tudo agora. Essa é a minha história. Que grande bagunça, não é?

Meu pai me trazia para este parquinho quando era mais nova. Mesmo naquela época, quando tinha acabado de ser construído, nunca lotava. Não sei por que a cidade escolheu este lugar para construí-lo, não é um lugar muito bom para um parquinho. As residências não melhoraram muito ao redor e não há condomínios por perto. E não dá pra vê-lo da avenida principal, está longe de tudo.

O tempo não foi muito generoso com o conjunto de estruturas de metal dos balanços e do escorregador de aço. Eles estão enferrujados, desbotados, descoloridos das vivas cores primárias que um dia já tiveram. Mas, ainda continua lindo aqui, numa perspectiva de arte moderna industrial. Está solitário. Tranquilo.

Preciso aproveitá-lo o máximo possível. Pois, ao pensar no que vem depois, o que virá? Não vou mentir, é assustador. É como... se mudar para uma casa nova. Empolgante, mas de deixar os cabelos em pé também. Porque você ainda não sabe onde é o posto de gasolina mais próximo ou o telefone do corpo de bombeiros local. Tem tanta coisa nova para aprender.

Li, em algum lugar, que bebês conseguem ouvir o que está acontecendo fora do útero. Que eles nascem conhecendo o som da voz da mãe deles. Eu gosto dessa ideia.

Olho para a minha barriga.

– Ei, girino. Me desculpe por tudo o que tem acontecido ultimamente. Minha vida não costuma ser tão turbulenta. Embora Drew provavelmente não concorde comigo neste aspecto. Ele costuma achar que sou muito dramática.

Drew. Vai ser difícil. Talvez seja melhor começar agora, a prática leva à perfeição.

Minha mão relaxa na barriga, ninando-o.

– É... seu pai. Seu pai é como... uma estrela cadente. Quando está por perto, todas as outras luzes no céu apenas... somem. Pois ele é muito vibrante, é impossível parar de olhá-lo. Pelo menos eu nunca consegui.

Mordo o lábio. Fico observando quando um gavião paira no alto.

Depois, continuo.

– Nós nos amávamos. Não importa o que aconteceu ou o que acontecerá daqui pra frente, é importante que você saiba que estávamos apaixonados. Seu pai fez eu me sentir como se fosse a coisa mais importante da vida dele. A única. E sempre serei grata por isso. Espero que você possa conhecê-lo um dia. Pois ele é, na verdade, um bom... ótimo homem – rio suavemente. – Quando não está tão ocupado sendo um canalha.

Ao terminar de falar para Deus e o mundo, tudo fica quieto por alguns minutos. É tão diferente dos parques na cidade, que têm buzinas disparando, crianças berrando e passos de pessoas correndo. É sereno.

Então, quando um carro, de repente, passa, fico assustada. Minha cabeça move-se depressa em direção ao som.

Parado lá, está a última pessoa que um dia pensei em ver aqui, em Greenville, neste momento.

É o Drew.

Capítulo 15

Ele está horrível. De um jeito deslumbrante e de ficar sem ar, de tão horrível.

Seus olhos estão injetados, seu rosto está pálido, com um pouco de barba no queixo. Mas, apesar disso tudo, ele continua sendo o homem mais lindo que já vi.

Olhar para qualquer outro lado não é possível.

Drew também está olhando. Seu olhar está inabalável, me absorvendo, irritado.

Ficamos parados daquele jeito por um instante. Depois, ele vem na minha direção. Seus passos estão determinados e focados, como se estivesse indo para uma reunião de negócios com sua carreira toda a perigo.

Ele para a apenas alguns passos de mim.

Mas parece muito mais distante.

E tudo que planejei dizer para ele em Nova York, de repente, some da minha mente. Em vez disso, começo tranquilamente:

– Como você sabia que eu estava aqui?

– Fui primeiro para o restaurante, vi sua mãe na cozinha. Ela disse que não sabia onde você estava. Ela ficou me encarando como se quisesse cortar meu pau e colocá-lo no Cardápio do Dia. Então, saí pela frente, aí encontrei com o Warren. Ele disse que você provavelmente estaria aqui.

Claro que Billy sabia onde eu estava. Como ele também sabe que eu iria gostar que ele mandasse o Drew até mim.

– Ele fez isso com seu rosto? – estou falando do vergão do tamanho de um punho na bochecha esquerda. Parece recente, começando a ficar roxo.

Ele toca com cautela.

– Não, Deloris estava com ele.

Nenhuma surpresa até então. Apesar de achar que ela não fez isso com vontade. Pois se a Dee Dee realmente quisesse machucar o Drew, ela não teria perdido tempo com seu rosto, ela iria direto nas bolas.

– Drew, o que você quer?

Ele deixa escapar uma risadinha, mas não tem nenhuma graça por trás disso.

– Esta é uma pergunta meio difícil – ele então desvia o olhar para o horizonte. – Não achei que você fosse deixar Nova York.

Levanto uma sobrancelha, questionando:

– Depois do seu showzinho? O que pensou que eu faria?

– Achei que iria me xingar, ou até me bater. Pensei que me escolheria, mesmo se fosse apenas para que ninguém mais pudesse me ter.

Ciúmes. A principal arma de Drew. Ele usou isso quando pensou que eu queria ficar com Billy de novo, lembra?

– Bom, você estava errado.

Ele acena, sorrindo.

– Parece mesmo – seus olhos encontram os meus por um bom tempo. Sua sobrancelha enruga um pouquinho. – Você estava... feliz... comigo, Kate? Pois eu estava muito feliz. E achava que você também estava.

Não consigo segurar o sorrisinho que vem aos meus lábios. Pois me lembro.

– Sim, eu estava feliz.

– Então me fala por quê? Você me deve isso.

Minhas palavras saem devagar, com uma tristeza silenciosa sobrecarregando cada sílaba.

– Não planejei nada, Drew. Você tem que saber que eu não queria que isso acontecesse. Mas aconteceu. As pessoas mudam. As coisas que queremos... mudam. E agora, eu e você queremos coisas bem diferentes.

Ele dá um passo para frente.

– Talvez não.

Estou tentando não imaginar a razão de ele estar aqui. Não quero criar esperanças. Porque a esperança, com certeza, paira, como um pedaço de madeira numa onda. Mas se for algo infundado?

Bate nas pedras, te quebrando em mil partes.

– O que isso significa?

Suas palavras saem cautelosas. Planejadas.

– Estou aqui para renegociar as cláusulas de nosso relacionamento.

– Renegociar?

– Pensei muito. Você terminou com o Warren e já veio direto para mim, entrou com tudo. Você nunca... saiu com muita gente. Passou o rodo. Então, se quiser sair com outras pessoas – seu maxilar se contrai, como se as palavras estivessem tentando ficar dentro e ele tem que forçá-las para sair –, não tenho problema algum com isso.

Meu rosto fica confuso.

– Você veio até aqui pra sugerir que a gente... saia com outras pessoas?

Ele engole em seco.

– Sim. Sabe, contanto que eu ainda esteja no jogo.

Sexo sempre foi a principal prioridade de Drew. É disso que ele está falando, não é? Ele não quer o bebê, mas não quer parar de dormir comigo também? Será que ele não quer mais nada? Sem laços. Sem compromisso.

Parece um episódio de *Jerry Springer*.

– Como isso funcionaria, Drew? Uma rapidinha no nosso horário de almoço? Uma ligação para transarmos à noite? Sem conversas ou perguntas?

Ele parece mal.

– Se é o que quer.

E estou tão... decepcionada. Indignada.

Com ele.

– Vá para casa, Drew. Está perdendo seu tempo. Não tenho vontade alguma de passar o rodo neste momento da minha vida.

Isso o deixa surpreso.

– Mas... por que não? Pensei... – ele para de falar. E depois seus olhos se tornam insensíveis. – É por causa *dele*? Está me falando que ele significa tanto para você?

Não gosto do seu tom de voz. Está depreciativo, como se estivesse debochando. Eu falei que era uma borboleta antes? Não. Sou a porra de uma leoa agora.

– Ele é *tudo* para mim – aponto o dedo – Não vou deixar você fazer eu me sentir mal por isso.

Ele recua, como se tivesse levado um tiro de uma arma de eletrochoque. Cinco mil volts direto em seu peito. Mas aí ele se recupera. E cruza os braços obstinadamente. Sem remorso algum.

– Não me importo. Não me importo nadinha.

Se você encher um pneu com muito ar e pressioná-lo além do limite, sabe o que acontece?

Ele explode.

– Como pode *dizer* isso! Qual é o seu *problema*?

Ele vem até mim.

– Está falando sério? Qual é o *seu* problema? Está usando drogas? Tem algum tipo de distúrbio de personalidade idiota que ainda não tinha percebido? Dois anos, Kate! Durante dois malditos anos, te dei tudo... e você... está morrendo de vontade de jogar isso fora!

– Não ouse dizer isso! Os dois últimos anos foram *tudo* para mim!

– Então, me *mostre* isso! Porra!

– Como devo mostrar isso, Drew? O que você quer que eu faça?

Ele grita:

– Quero qualquer coisa que você queira me dar!

Ficamos quietos.

Respirando forte.

Olhando para baixo.

E sua voz fica mais baixa. Derrotada.

– Aceito qualquer coisa, Kate. Apenas... não me diga que tudo terminou. Não aceitarei.

Cruzo os braços no meu peito, e o sarcasmo crepita no ar como estática.

– Você não parecia ter problema em aceitar isso quando sua língua estava lá na garganta daquela stripper.

– Kate, você não fica muito bem sendo hipócrita. Você acabou comigo. Achei que você merecia provar um pouco da sua própria droga.

Você vê isso toda hora. Em revistas de celebridades, na TV. Em um minuto, casais se declaram almas gêmeas, falam que nunca sentiram isso antes, vão ao sofá da Oprah, apaixonados. Aí depois, de repente, estão brigando iguais loucos, arrastando os advogados para lutar por dinheiro ou por casas... ou por crianças. Eu sempre fiquei imaginando como isso acontecia.

Preste atenção. É assim que acontece.

– Bom, Drew, dê um tapinha nas suas costas. Queria me machucar? Você conseguiu. Se sente melhor?

– Claro, estou emocionado. Como alguém correndo feliz no campo. Não consegue ver?

– Quer parar de agir como uma criança por pelo menos cinco minutos?

– Depende. Será que consegue parar de agir como uma vaca sem coração?

Se ele estivesse mais perto, eu daria um tapa nele.

– Te odeio!

Ele sorri com frieza.

– Considere-se sortuda. Gostaria de poder te odiar, rezei por isso. Para te tirar de mim. Mas você ainda está lá, por baixo da minha pele, como a porra de uma doença fatal.

Alguma vez já fez aquelas cruzadinhas no jornal? E está determinado a terminá-las, você começa sabendo que consegue? Mas aí fica muito difícil. Muito cansativa. Você desiste. Está apenas... acabada.

Coloco uma mão na testa. E apesar de tentar mostrar ser forte, minha voz sai baixa:

– Não quero mais isso, Drew. Não quero brigar. Podemos ficar discutindo o dia todo, mas não vai mudar nada. Não vou ter um relacionamento pela metade com você. Não é negociável.

– Que besteira! Tudo é negociável. Só depende do quanto as partes estão interessadas – ele começa a implorar. – E eu estou interessado, Kate, estou, até o fim. Pode me odiar o quanto quiser, mas... não... me deixe.

Ele parece tão melancólico. Desesperado. Tenho que parar de consolá-lo. De ceder, de dizer sim. Alguns dias atrás, eu teria aceitado. Teria aceitado a primeira oportunidade de comer suas migalhas. Para deixá-lo na minha vida, do jeito que desse.

Mas hoje não.

Porque não estou mais sozinha.

– Sou um pacote agora. Você tem que querer nós dois.

Ele dá um soco no ar, procurando por algo para bater.

– De que merda você está falando? – ele ruge. – É como se eu estivesse preso em algum filme idiota do Tim Burton, onde nada faz sentido! *Nada* disso faz algum sentido!

– Estou falando sobre o bebê! Não vou trazer um bebê para um relacionamento no qual ele não será querido! Não é justo. Não é o certo.

Não achava que era possível uma pessoa ficar tão pálida quanto o Drew quando chegou aqui, e ainda assim continuar vivo. Mas estava errada. Pois seu rosto ficou ainda mais branco. Quase dois tons abaixo.

– Que bebê? O que está... – ele me examina, tentando encontrar a resposta antes de perguntar. – Você está...*grávida*?

Isso meio que faz você se perguntar o quão forte a Deloris bateu nele, não é?

– Claro que estou grávida!

Ele dá um passo para frente. E seu rosto parece uma daquelas máscaras teatrais, com comédia e drama lado a lado.

– É meu?

Não respondo rapidamente, pois estou surpresa com a pergunta.

– De quem... de quem mais seria?

– Bob – ele diz despreocupadamente. Como se realmente acreditasse que eu sabia o que ele queria dizer.

– Bob?

– Sim, Kate, Bob. O cara que é tudo para você. É claro que você tem fodido ele, então como você sabe que o bebê não é dele?

Penso rapidamente nas minhas anotações mentais, procurando por algum Bob, tentando entender a razão de Drew achar que eu estaria saindo com ele.

– O único Bob que conheço... é a Roberta.

Isso o deixa de boca aberta.

– Quem?

– Roberta Chang. Bobbie, Bob. Fiz faculdade com ela. Ela é ginecologista e obstetra. Você me viu indo até o consultório dela naquela noite em que me seguiu. Foi assim que soube...

Seus olhos se abrem, pensativos. Depois ele mexe a cabeça, sem acreditar.

Em negação.

– Não. Não, eu te vi com um cara. Você saiu com ele. Ele te pegou no colo e te abraçou. Ele te beijou. Estava segurando um pacote de comida.

Eu demoro um pouco para processar as palavras dele, e então me lembro:

– Ah, aquele era o Daniel. O marido da Roberta. Ele morou com a gente durante a faculdade também. Eles mudaram há apenas alguns meses para Nova York. Te falei sobre eles.

Não consigo entender a expressão no rosto de Drew. Em seguida, ele esfrega o rosto com uma mão, fortemente, como se quisesse arrancar a pele.

– Tudo bem, apenas... me explique uma coisa um instante. Quando escreveu o nome "Bob" na sua agenda, você estava se referindo à Roberta, uma mulher e obstetra, que estudou com você na Filadélfia?

– Isso.

– E o cara que vi com você, no estacionamento, é o marido dela e também um velho amigo?

– Isso.

Sua voz está firme. Tensa.

– E você acha que estávamos brigando este tempo todo porque...?

– Porque você não quer que eu tenha este filho.

Já viu um arranha-céu ser demolido? Eu já. Ele implode. Do topo para baixo, para não danificar os prédios ao seu lado. E é assim que Drew faz. Bem na minha frente. Ele desmorona.

Suas pernas perdem a força e ele cai de joelhos.

– Ah, meu Deus... Cacete... não acredito... porra... sou um idiota... completamente burro...

Abaixo com ele.

– Drew? Você está bem?

– Não... não, Kate... estou bem longe de estar bem, é assustador.

Pego suas mãos e seus olhos encontram os meus. De repente, tudo faz sentido. Finalmente.

As coisas que ele fez.

As coisas que ele disse.

Tudo volta ao lugar como a última peça de um mosaico.

– Pensou que eu estava tendo um caso?

Ele acena.

– Sim.

O mundo gira e quase não consigo respirar.

– Como você pôde *achar* isso? Como pôde acreditar que eu te trairia?

– Tinha o nome de um cara na sua agenda... e você mentiu... eu te vi abraçando aquele cara. Como *você* pôde pensar que eu não iria gostar de ter um filho? *Nosso* filho?

– Você falou para eu fazer um aborto.

Suas mãos se apertam em volta de mim.

– Eu *nunca* diria isso para você.

– Você disse. Você falou para eu terminar isso.

Ele mexe a cabeça e murmura.

– Terminar com o *caso*, Kate. Não o bebê.

Levanto o queixo, na defensiva.

– Mas eu não estava *tendo* um caso.

– Eu não sabia dessa porra.

– Bom, você *devia* saber!

Tiro minhas mãos dele e empurro-o pelos ombros.

– Caramba, Drew! – levanto, precisando sair de perto dele, porque tudo isso é demais. – Você não pode tratar as pessoas desse jeito! Não pode *me* tratar desse jeito!

– Kate, me...

Viro e aponto um dedo para ele.

– Se você for se desculpar, vou chutar bem forte as suas bolas, juro por Deus!

Ele fecha a boca. *Espertinho.*

Tiro o cabelo do rosto. E ando de um lado para o outro.

Devia me sentir melhor agora? Só porque tudo *foi* apenas um erro?

Se uma casa é destruída por um raio, você acha que os donos estão conformados pelo fato de que o raio não teve *culpa* de cair na casa deles?

Claro que não.

Pois a destruição já está feita.

– Você *estragou* tudo, Drew. Estava tão empolgada pra te contar... e agora toda vez que penso nisso, tudo que me lembro é de como foi horrível! – paro de andar e minha voz treme. – Eu *precisava* de você. Quando vi o sangue... quando me falaram que estava perdendo o bebê...

Drew me alcança, ainda de joelhos.

– Amor, não sei do que está falando...

– Porque não estava aqui! Se tivesse aqui, saberia do que estou falando, mas não *estava*! E... – minha voz estala e lágrimas embaçam minha vista. – E você *prometeu*. Prometeu que não faria isso... – cubro o rosto com as mãos e choro.

Choro por todo segundo inútil de dor. Por todo o espaço que continua entre nós e pelas escolhas estúpidas que aconteceram por causa disso. Não falo apenas das escolhas dele. Sou uma garota crescida, posso assumir minha parte da culpa.

Drew pode ter puxado o gatilho, mas eu carreguei a arma.

– Kate... Kate, por favor... – ele estende a mão para mim. – *Por favor*, Kate.

Ele parece despedaçado. Imediatamente, sei que não fui a única que sofri.

Mesmo assim, mexo a cabeça. Pois segundas chances só existem em parquinhos. A vida real não aceita repetições.

– Não, Drew – me viro de costas para ele e ando até o carro. Mas só dou alguns passos antes de parar e olhar para trás.

Consegue vê-lo?

De joelhos, com a cabeça nas mãos. Como um homem esperando para ser executado.

Quando penso no Drew, duas palavras vêm à mente: paixão e orgulho. Elas andam juntas. É quem ele é. Discussões, trabalho, amor – dá tudo na mesma para ele. Para frente com toda força. Sem hesitar, sem se prender ao passado. Drew sabe do que é capaz. E ele não para, não se compromete. Não precisa.

– Por que está aqui? – sussurro tão baixo que nem sei se ele consegue me ouvir.

Mas sua cabeça levanta rapidamente.

– Como assim?

– Você pensou que eu tinha te traído?

Ele sorri.

– Sim.

– Pensou que eu pudesse estar apaixonada por outra pessoa?

Ele concorda.

– Mas veio... até mim. Por quê?

Seus olhos se dirigem para meu rosto. Do jeito que ele me olha de manhã, quando acorda antes de mim. Do jeito que me observa, quando pensa que não estou vendo.

– Porque não consigo viver sem você, Kate. Nem sei como tentar.

No Ensino Médio, estava na turma de inglês avançado. Durante algumas semanas, analisamos *O morro dos ventos uivantes*, de Emily Brontë. Em quase todo ele, Heathcliff é o vilão. Ele é brutal, na maioria das vezes cruel. E, como leitor, você deveria odiá-lo.

Mas eu nunca consegui. Pois, apesar de todas suas ações desprezíveis, ele amava a Cathy.

> Esteja sempre comigo – assuma qualquer forma – me deixe louco!
> Apenas *não* me deixe no abismo, onde não posso
> te encontrar... *não posso* viver sem minha vida! *Não posso* viver
> sem minha alma!

Alguns de vocês vão falar que eu deveria ter castigado mais o Drew. Mas, ele se castigará melhor do que eu conseguiria. Outros vão dizer que eu devia ter feito ele se esforçar mais. Mas sabemos que ele teria feito isso.

Às vezes, perdoar é um ato de egoísmo. Perdoamos, não porque ganhamos isso, mas porque precisamos. Para ficar em paz. Para nos sentirmos completos.

Consigo viver sem Drew Evans. Agora sei disso. Mas se puder escolher?

Nunca vou querer.

Tem apenas uma dúzia de passos nos separando, e corro cada um deles. Me jogo nele, e ele me pega. Ele coloca os braços em volta de mim e me abraça tão forte que não consigo sentir o ar nos pulmões. Mas não importa. Drew está me abraçando, então por que preciso respirar?

– Me desculpe, Kate... Caramba, estou *tão* arrependido – ele parece desesperado.

Lágrimas escorrem de meus olhos.

– Pensava que não iríamos... quando disse...

– Xiu... não quis dizer aquilo. Juro pela Mackenzie que nada daquilo era verdade. Nunca quis... – ele esconde o rosto no meu pescoço, seu arrependimento sai dos olhos e molha minha camiseta.

Abraço-o ainda mais.

– Eu sei, Drew. Eu sei que não queria.

Ele passa as mãos no meu cabelo, depois elas acariciam meu rosto, meus braços, minhas costas.

– Eu te amo, Kate. Te amo tanto.

Ano passado, Drew e eu fomos para o Japão. Teve um dia em que paramos numa loja de árvores bonsai. Elas têm uma aparência estranha, não acham? Com troncos atrofiados e ramos torcidos. O dono da loja nos disse que são os nós e as curvas que as fazem ficarem mais fortes, que não permitem que elas se estilhacem mesmo durante uma tempestade forte.

É assim que eu e o Drew somos.

Seus lábios tocam minha testa, minhas bochechas. Ele segura meu rosto e eu o dele com as minhas mãos. Nos beijamos. Nossas bocas se mexem em sincronia, feroz e agressivamente, carinhosa e lentamente. Todo o resto, cada machucado, cada palavra de insulto, desaparece como neve na luz do sol.

Nada mais importa. Pois estamos juntos. Vamos encontrar nosso caminho.

Drew pressiona sua testa na minha, depois sua mão cobre minha barriga. Seu toque é de admiração e ele fala, impressionado.

– Vamos mesmo ter um bebê?

Rio, com lágrimas ainda caindo.

– Sim, vamos. Você realmente quer?

Ele seca o molhado das minhas bochechas.

– Com você? Está doida? É uma das fantasias que ainda tenho. Eu teria vinte crianças com você, aí a gente poderia dar uma lição para aquele povo que tem mil filhos.

Rio novamente e me sinto bem. Tudo está tão certo. Encosto a cabeça no ombro de Drew. Seu rosto relaxa no meu cabelo, inalando o cheiro dele.

Em seguida, ele jura:

– Tudo bem, Kate. Ficaremos bem.

E eu acredito nele.

Capítulo 16

Não sei por quanto tempo ficamos nesta posição, no chão, em silêncio, nos agarrando, mas quando levantamos, o sol já está mais baixo no céu, começando a descer para anoitecer. Drew me convence a deixar meu carro aqui, voltamos para buscá-lo depois. Ele está preocupado que eu esteja muito cansada, muito emocionada para dirigir com segurança. Pela primeira vez, não discuto com ele.

Ao seguirmos de volta para o restaurante, ele fica com uma mão no volante e a outra em mim: na minha coxa, no meu ombro ou, suavemente, entrelaçada com a minha. E é confortante. Maravilhoso. Esperei por este momento, quis isso mais do que qualquer outra coisa no mundo.

Tê-lo aqui, comigo, me amando, depois de ter pensado, sinceramente, que nunca mais ficaríamos assim de novo.

É como um filme. O reencontro. A reconciliação. O final feliz.

O único problema é que, na vida real, não tem nenhum tema musical que toca depois. Não há créditos. Na vida real, você tem que lidar com o que acontece depois do reencontro. Os efeitos das coisas que foram ditas, as consequências do que você fez, que quase destruiu tudo.

Que poderia ainda destruir.

É por isso que assistimos a este tipo de filme, porque na vida real as coisas nunca são tão fáceis.

Não que eu não esteja completamente feliz, de um modo indescritível. Apesar do que disse antes, saber que o que Drew disse, a stripper, tudo aconteceu por causa de uma terrível confusão. Isso acaba trazendo um certo alívio afetuoso.

É o que todas as pessoas que já tiveram notícias de cortar o coração pedem. Seu filho morreu em um acidente de carro, você está com câncer no quarto estágio. A esperança é de que o mensageiro tenha errado. Uma identificação errada. Um diagnóstico incorreto.

Um erro.

Mas o que acontece depois do "incorreto"? Depois que você aceitou como verdade a tragédia, ou gastou todas suas economias porque pensou que tinha apenas algumas semanas de vida? O que você faz agora?

Você supera. Você se recompõe. Você passa por cima de uma pedra, achando que a vida não apenas voltará ao normal, mas também ficará melhor, mais agradável.

Pois agora percebo totalmente. Ter perspectiva não muda apenas o modo como você enxerga as coisas, mas muda como você se sente. Quando acha que perdeu tudo, você valoriza muito mais cada momento.

Paramos no estacionamento do restaurante e andamos até a porta dos fundos para entrar na cozinha, de mãos dadas. Como dois adolescentes que ficaram juntos a noite toda, passando da hora, deixando todos que se importam com eles mortos de preocupação.

Minha mãe está parada no balcão, cortando furiosamente cenouras cruas com uma faca pontuda. É fácil de perceber que ela está cortando a cenoura imaginando ser outra coisa. George está sentado na mesinha ao lado de Billy. Dee Dee está na frente dele, com o telefone no ouvido.

Quando ela nos vê, diz baixo:

– Eles estão aqui. Te ligo depois – e termina a ligação.

Minha mãe levanta a cabeça repentinamente. Ela bate a faca e se vira para nos ver. Em seguida, presta atenção em nossas mãos dadas e olha para Drew.

– Você é muito cara de pau para vir aqui de novo.

Drew respira resignado e tenta responder:

– Carol...

Minha mãe o interrompe bruscamente.

– Não quero saber de nada! Você não falará nada! – ela aponta para mim – Sei que minha filha é uma mulher crescida, mas para mim? Ela continua sendo meu bebê. Meu *único* bebê. É imperdoável o que você a fez passar.

Ele tenta novamente.

– Eu entendo...

– Disse que você não falará nada! Nada que você disser para mim tornará isso melhor.

– Kate e eu...

– Cale a *boca*! Quando penso em como ela estava quando chegou aqui... O que te faz pensar que pode voltar para a vida dela, depois do que disse para ela? Depois do que fez?

Drew fica quieto.

Minha mãe grita:

– Bom, não fique apenas parado aí! Me responda!

Sempre achei minha mãe muito calma no meio de alguma confusão. Racional. Aquela imagem sumiu de vez.

Drew abre a boca, mas nada sai. Em vez disso, ele vira os olhos perplexos para mim. E vou ao seu resgate.

– Mãe, foi um erro terrível. Drew não sabia sobre o bebê.

– Você disse que tinha contado para ele sobre o bebê, e que ele reagiu contratando uma prostituta barata!

E o cara, que acabou de voltar a ser meu namorado, pensa que é uma boa ideia mencionar:

– Ela não foi barata, pode ter certeza.

Belisco a palma de sua mão com as pontas dos dedos para ele calar a boca.

Depois explico para minha mãe:

– Não, ele não sabia. Ele pensou que eu estivesse falando sobre outra coisa. Foi um desentendimento.

Dee Dee me interrompe:

– *Isso* é algo que já vi antes. Essa novela está ficando muito repetitiva.

Viro os olhos.

– Dee, agora não.

Minha mãe cruza os braços e bate o pé.

– Não o aceito aqui sob o meu teto, Katherine. Ele não é bem-vindo aqui.

É por isso que você nunca deve reclamar de seu companheiro para sua família. Eles não o conhecem como você e, com certeza, não o amam como você. Então, eles nunca... *de maneira alguma*... irão perdoá-lo como você.

Apesar de entender a minha mãe, tenho muita coisa em jogo neste momento. E ela não está ajudando muito.

– Se é assim, então também não vou ficar aqui.

Minha mãe parece surpresa e solta os braços.

Deloris diz:

– Ei, idiota – Drew olha em sua direção. – Isso, você mesmo. É agora que você deve dizer que não quer ficar no caminho de Katie e sua mãe. Que você vai ficar em um hotel.

Drew bufa.

– Acho que não sou tão cavalheiro. Vou ficar com a Kate. Vou com ela para onde ela for.

Dee dá um sorriso irônico.

– Ahhh, é como o Jack e a Rose no *Titanic* – ela levanta a mão – Quem mais quer que o besta termine igual ao Jack?

Ignoro-a e me concentro na minha mãe, que agora está implorando.

– Foi um dia muito emotivo, Katie. Você precisa de espaço, de distância, para que possa pensar claramente.

Mexo a cabeça.

– Não, mãe. Já fiquei distante o bastante. Drew quer este bebê. Ele me ama. Precisamos conversar, para arrumar tudo – olho para Dee Dee. – *Sem* a participação de uma plateia.

Em seguida, viro novamente para minha mãe.

– Ele não foi o único culpado. Também errei.

Como muitas mães, a minha hesita em reconhecer as fraquezas de sua filha.

– Foi isso que *ele* te falou? Que é *sua* culpa?

– Não, é o que eu sei. Uma parte disso *é* minha culpa, mãe – suspiro. – Talvez seria melhor para todo mundo se Drew e eu ficássemos em um hotel.

Parece que teimosia é algo hereditário, porque logo em seguida ela diz:

– Não. Não quero que você vá para um hotel. Se você quer que ele fique, não serei contra. Mas não gosto disso – ela olha para Drew. – Apenas fique longe de mim, se quiser seu bem.

Em seguida, ela sai pisoteando.

George se levanta.

– Vou falar com ela – antes de ele sair, ele vira para Drew e o cumprimenta. – Bom te ver, filho.

Drew solta minha mão para cumprimentar George, dando um daqueles abraços de homens com soquinhos nas costas.

– É bom saber que pelo menos alguém ficou feliz, George.

George sorri e vai atrás da minha mãe.

Billy se levanta na nossa frente.

Se você olhar com mais atenção, conseguirá ver o peito de Drew se inflar, como um macaco no meio da selva, se preparando para lutar até a morte para conseguir a última banana.

– Quer acrescentar algo, Warren?

Billy olha para Drew. Depois o rejeita, olhando para mim.

– Eu falei para ele que você estaria no parque, pois sabia que era o que gostaria.

Sorrio gentilmente.

– Foi mesmo. Fico muito feliz que você tenha feito isso. Nós dois ficamos.

Cutuco o Drew com o cotovelo. Ele apenas encolhe os ombros, sem se comprometer.

Billy, então, diz:

– Você não precisa dele, Katie. Simples assim.

– Eu o amo, Billy. Simples assim.

Ele me fita por um momento, depois mexe a cabeça e levanta as mãos se rendendo.

– Só para constar, vocês precisam de mil sessões de terapia, iguais a de ontem. Acredite em mim, conheço conflitos de longe.

Aceno uma vez.

– Vamos nos lembrar disso.

Drew caçoa.

– Tanto faz.

Deloris levanta perto de Billy e fala para Drew:

– Vou adorar ver você tentar sair da merda em que se meteu. Acho que isso será melhor do que qualquer coisa que eu faria contigo – ela acrescenta como uma reflexão posterior. – E se não for, acho que terei que ser bem criativa.

Não fique decepcionada com a falta de punições da Dee. Como a amiga verdadeira que ela é, ela respeita minhas escolhas, mesmo não concordando. Ela sabe quando se afastar e me deixar cuidar de tudo.

Ou... ela está apenas esperando o momento certo.

Dee me puxa para dar um abraço apertado e diz em meu ouvido:

– Não o deixe sair dessa impune. Orgasmos múltiplos são apenas um paliativo, não uma cura.

Rio.

– Obrigada, Dee.

Ela vira para Billy.

– Vamos embora. Vamos ver se Amélia consegue parar um pouquinho de fazer sacanagem com o xerife Mittchell e faz uma janta para a gente.

Billy ri.

– *Ainda* é muito cedo para fazer piadas sobre isso.

Eles saem pela porta dos fundos, deixando eu e Drew sozinhos.

Passo a mão pelo seu bíceps.

– George não é o único feliz em te ver. Caso eu não tenha dito antes, estou muito feliz que esteja aqui.

Drew sorri com afeto e toca minha bochecha.

– Eu sei.

Subimos pro meu quarto e fecho a porta depois que entramos. Ando ao redor da cama e tiro os sapatos, empurrando-os para baixo dela. A cortina está fechada, então acendo o abajur, deixando o quarto com um brilho agradável e turvo.

– Acho que vai demorar um tempo para minha mãe entender tudo. Durante esse tempo, ela não vai te tratar muito bem.

Drew senta na ponta da cama e encolhe os ombros.

– Não estou preocupado com sua mãe.

– Não?

– Ela te ama. Ela vai voltar ao normal quando perceber que sou o que você quer. Que te faço feliz. Conseguir isso é minha única preocupação agora.

Ficamos quietos por um instante. Sento na cama perto de Drew, colocando os pés por baixo das pernas. Drew esfrega as mãos nas coxas. Pensativo.

Depois, ele fala o que, é lógico, está em sua mente:

– Então... Warren esteve aqui o tempo todo?

Apesar de Drew ter falado com Billy antes de me encontrar no parque, acho que ele ainda não tinha se tocado de sua presença até agora.

– Billy veio aqui pra visitar Amélia. Ele passou no restaurante uns dias depois que vim pra casa.

– E vocês dois têm... saído?

Sei aonde ele quer chegar com isso. Como um advogado experiente, fazendo sua inquirição direta com uma testemunha que está tentando derrubar. Preparando o terreno, arrumando as coisas até a pergunta que irá expor tudo.

Olho para a cama, sem conseguir encontrar os olhos de Drew. Me sentindo culpada, apesar de que, tecnicamente, não devia estar.

Os costumes do Drew não são os únicos que são difíceis de mudar. Como sempre, a procrastinação é minha amiga.

– Você realmente quer falar sobre isso agora? – pergunto para ele.

Ele dá um risinho desagradável.

– Só para constar? Não quero conversar sobre isso *nunca*. Mas é melhor botar tudo pra fora agora – ele mexe a cabeça suavemente – O que você fez, Kate?

Minha cabeça levanta rapidamente. Sinto-me ofendida, defensiva, pelo que ele acabou de me acusar.

– O que *eu* fiz? Você é muito cara de pau mesmo em me perguntar isso.

Ele encolhe os ombros.

– Acho que ela é bem impressionante, obrigada. Mas minha cara não é o assunto desta conversa em particular. Você transou com ele?

– Você transou com a stripper?

– Te perguntei primeiro.

Aquilo me deixou sem palavras. E, provavelmente, eu riria se isso não fosse tão triste.

Com um tom de voz resignado, digo para ele:

– Não. Não, eu não transei com o Billy.

Drew solta a respiração e sua voz suaviza:

– Eu também não. Não com o Warren, também não transei com a stripper.

Levanto da cama.

– Você queria?

Devido ao histórico de Drew em gostar de variedade, acho que é uma pergunta simples. Do meu ponto de vista, essa foi uma chance de ele reviver aquela época em que diversidade era um padrão.

– Nem um pouco.

Ele escorrega um dedo para o cinto do meu jeans e me puxa entre seus joelhos abertos. Suas mãos relaxam no meu quadril enquanto ele me olha.

– Você se lembra daquela comédia-romântica horrível que você me fez assistir no ano passado? Aquela com o cara do *The Office*?

Ele está falando de *Amor a toda prova.* Confirmo.

Drew continua.

– Lembra no final, quando ele diz: "Mesmo quando te odiava, te amava"?

Confirmo de novo.

– Foi a mesma coisa. Isso aconteceu não porque era o que queria, mas sim porque eu achava que era o que tinha que fazer. Tudo por sua causa. Você estava na minha mente, no meu coração... mesmo quando não estava mais lá... você continuava lá.

Nunca haverá um momento bom para contar isso. Mentir ou não contar para ele não é uma opção.

– Eu e Billy nos beijamos.

Suas mãos apertam meu quadril mais forte. As palavras ficam no ar, como um forte cheiro ruim.

Quando ele não responde, insisto:

– Não foi nada.

Drew sorri repreensivamente:

– Claro que não.

– Estava machucada. E confusa. Durou apenas alguns segundos. E não aconteceu por causa de desejo ou atração. Aconteceu apenas por... carinho.

Drew me coloca ao seu lado e se levanta. Em seguida, começa a dar passos bruscos. Cada músculo do seu corpo fica tenso e contraído:

– Te disse que isso ia acontecer. Todo este tempo, eu te disse, porra. Aquele cafajeste só estava esperando uma oportunidade para entrar nas suas calças de novo.

– Nada a ver, Drew. Foi inocente.

A imagem de Drew dando um beijo sensual na stripper vem em primeiro lugar nos meus pensamentos. E minha raiva vem logo em seguida.

– Não foi nada parecido com o que você fez. O que eu tive que te *ver* fazer.

– Então, eu devia me sentir melhor?

– Não estou tentando fazer você se sentir melhor! Estou tentando explicar o que aconteceu. Para que a gente possa pôr um ponto final nisso e seguir em frente. É o que você quer, né? *Não é?*

O desespero na minha voz deve ter passado por ele. Ele para de andar e me olha por alguns minutos.

Seus olhos azuis mostram sentimentos lutando entre indignação e compreensão ressentida. Desejando se render a uma fúria que não trará nada – uma fúria que Drew deve saber que não tem direito de sentir.

Ele solta outro suspiro e senta de novo na cama.

– É, é o que quero.

Sorrio triste.

– Eu também.

Ele não me olha, mas encara diretamente a porta do quarto.

– Foi apenas um beijo?

– Sim.

– Sem amassos? Ou chegar nos "finalmentes"?

Viro os olhos.

– Sem nada disso.

Ele acena, tenso.

– Tudo bem... beleza. Acho que isso nos deixa empatados – ele fica em silêncio por um instante. Depois, diz firme: – Não quero que você converse com ele de novo. Nunca mais.

– Drew...

– Tô falando sério, Kate. Não quero que ele ligue no apartamento ou te mande e-mails. Não quero que você se encontre com ele para a porra de um almoço ou uma saída entre amigos – seus olhos queimam nos meus enquanto ele implora. – Quero Billy Warren fora da nossa vida. Para sempre.

Fecho os olhos. Porque sabia que ia dar nisso. E não pense que não sei como Drew se sente. Talvez você até concorde com ele.

Mas escolher entre Billy e Drew não é uma opção. Talvez seja um ato egoísta, mas preciso dos dois. Drew é meu amante, o amor da minha vida, o pai do meu filho. Mas, Billy é meu melhor amigo, ele e Dee Dee.

– Ele é meu amigo – ao falar com ele, estou estoica, deixando bem claro que não vou aceitar isso. Desta vez não, isso não.

Seu maxilar se contrai.

– Como você pode me pedir pra fazer isso? Como pode esperar que eu o veja e observe conversando com ele e não o tire de perto?

Pego a mão dele e seguro com a minha, apertando-as.

– Se nós dois decidíssemos nos separar, eu ainda assim não ficaria com o Billy de novo. Nunca mais. E ele não gostaria de ficar comigo. Quando cheguei aqui, eu achava que você não queria este bebê. Achava que não ia conseguir criá-lo sozinha. Billy me fez ver que eu conseguiria. Digo mais, ele me ajudou a perceber que eu queria.

Drew vira.

Seguro seu rosto e o trago para perto de mim.

– Se o Billy não tivesse estado ao meu lado, tinha uma grande chance de eu ter feito um aborto antes de você chegar. Pense nisso. Pense no que teríamos perdido, Drew. Pense que eu nunca conseguiria me perdoar, ou te perdoar. Devo isso a ele. *Nós* devemos isso a ele.

Ele fecha os olhos, apertando-os. Não espero que ele concorde comigo. É um comprimido difícil para qualquer homem engolir, especialmente alguém como Drew. Mas ele escutou. E só posso esperar que ele pense no que eu falei e perceba que minha vida, nossa vida, será melhor se tivermos um amigo como o Billy nela.

O fato de ele não estar totalmente discordando já é o bastante, por enquanto.

Ele esfrega os olhos exaustivamente com as palmas das mãos. Quando ele as tira, me faz uma pergunta. E, em cada sílaba, tem uma curiosidade melancólica.

– Kate, por que você apenas não me disse? Na primeira vez que achou que poderia estar grávida. Por que não disse alguma coisa?

É algo que você também deve ter pensado, né? Nada disso teria acontecido se eu não tivesse guardado minhas suspeitas só para mim.

– Estava... chocada. Assustada. Eu nem sabia como me sentia com a possibilidade de estar grávida e... não tinha certeza de como você reagiria. Precisava de tempo para processar tudo. Para aceitar tudo. Para, eventualmente, ficar empolgada com isso. E eu estava. Depois da minha consulta com Bobbie, estava feliz. Estava indo para casa para te contar... mas... tarde demais.

Drew me conta:

– Eu me esforcei tanto para não tirar conclusões precipitadas. De novo. Quando vi o nome de um cara na sua agenda e depois você mentiu sobre aonde ia... fiquei muito nervoso. Mas, depois esfriei a cabeça e pensei, talvez fosse uma coisa boa. Talvez você estivesse me comprando algo ou planejando uma surpresa.

– E em vez de me perguntar ou esperar para ver qual era a surpresa, você me seguiu?

– Não podia esperar sentado. Tinha que fazer *algo*. Aí eu te vi, lá no estacionamento, parecendo tão feliz ao ver aquele filho da puta. Nunca pensei que você poderia me trair. Não queria nem acreditar nisso, mas estava bem na minha cara.

– Minha avó costumava dizer: "Não acredite em tudo o que escutar, e acredite apenas na metade do que ver".

Drew bufa:

– Ela é uma maldita gênia.

Estou disposta a aceitar meus erros nesta situação, mas não tenho complexo de mártir. Então, pergunto:

– Se você achou que estava te traindo, por que não podia agir como um homem normal? Batendo numa parede ou ficando bêbado. Por que tem que inventar esses esquemas diabólicos, como se fosse algum supervilão do Batman?

Ele mexe a cabeça e toca meu cabelo.

– Quando achei que vi o que tinha visto... foi um pesadelo. Me senti no inferno. Nada que Deus ou Satã imaginasse chegaria perto daquele sentimento ruim.

– Entendo.

– E eu só queria que aquilo desaparecesse. Aquela maldita dor devastadora. Pelo menos por alguns instantes. Então, depois que comprei a garrafa de Jack, fui até um bar com os caras que costumava sair antigamente. Ela estava... lá. E é como dizem: "o melhor jeito para esquecer alguém é ficando com outra pessoa".

– Ninguém diz isso, Drew.

– Bom, deveriam. Aí achei que se você me visse com outra pessoa, perceberia o que estava perdendo. E então... pararia... e voltaria para mim. Querendo misericórdia. Implorando para que eu te perdoasse. Estava tudo esquematizado.

Respondo, falando com voz seca:

– É, e deu tudo certo.

– Disse que era um esquema, não disse que era um bom esquema.

Ele fica sério.

– Quando você foi embora... fiquei um pouco doido. Não conseguia acreditar... que você não tinha me escolhido.

Ele parece tão machucado, tão diferente do homem com quem morei por dois anos.

Lágrimas carregadas de culpa e mágoa caem de meus olhos:

– Desculpe.

Drew me agarra. Seus lábios relaxam em meu pescoço ao declarar:

– Desculpa, Kate.

Em seguida, ele me afasta e seca minhas bochechas.

– Por favor, não chore. Não quero te fazer chorar nunca mais.

Fungo e tiro o molhado dos olhos:

– Naquela noite, depois do jantar na casa dos seus pais, o que teria dito se tivesse te contado naquela época?

Um sorrisinho se abre em seus lábios ao imaginar a maravilhosa ideia.

– Teria ido até uma farmácia, não importa o horário que fosse, e compraria um daqueles testes de gravidez. Ou dez deles! Ficaria sentado na mesa com você esperando você beber um galão de água para que pudesse usar cada um deles.

Sorrio lacrimejando, pois aquilo parece ser a coisa certa.

– E quando todos eles dessem positivo, eu os colocaria juntos e tiraria uma foto com meu celular para poder enviar para sua mãe e para os meus pais, para Matthew e para Alexandra. Aí te pegaria no colo e te levaria até o quarto, e passaria as horas seguintes nos deixando cansados. Mas seria de um modo gentil, seria devagar, porque provavelmente ficaria preocupado em te machucar. Depois, quando estivéssemos deitados lá... falaria para você que não via a hora dos próximos nove meses passarem rápido – seus lindos olhos azuis brilham com ternura e paixão. – Pois sei que fazemos os melhores bebês.

Dando uma risada, tiro seu cabelo escuro da testa. Depois, me inclino para frente e selo seu lindo sonho com um beijo.

Ele me pergunta:

– Se eu estivesse sozinho naquele apartamento naquela noite, o que você teria dito? Como teria contado para mim?

Meus olhos se enchem de lágrimas de novo, me levanto da cama e tiro a camisetinha de bebê da gaveta da cômoda. Seguro atrás das costas ao andar para ficar na frente de Drew.

Digo suavemente:

– Teria feito você se sentar e te contado que, quando comecei a trabalhar no escritório, nunca esperei conhecer alguém como você. E que nunca pensei em me apaixonar por você. Eu, *realmente*, nunca achei que você corresponderia ao meu amor. Depois, teria dito que as melhores coisas na vida são aquelas que você nunca pensou em ter. E teria te dado isso.

Coloco a camiseta nas mãos dele. Ele a desdobra devagar e, ao ler a frase, seus lábios se curvam em um sorriso exultante e de orgulho. Sua voz sai rouca, com emoção, ao dizer:

– Que demais.

Ele coloca a camiseta de lado. Depois, puxa as cobertas da cama. Pega a bainha da minha camiseta e a levanta sobre minha cabeça. Tira minhas roupas, me deixando nua para ele. Em seguida, ele tira o jeans, e fico na frente dele apenas com meu sutiã de renda bege e com a calcinha. Desabotoo sua camiseta lentamente. Minhas mãos alisam seus ombros e peito, conhecendo novamente aquele corpo que tanto senti saudade.

Mas não tem nada sexual em relação a isso. Quando Drew fica apenas de cueca, ele desliga o abajur e entramos debaixo das cobertas. Estou morrendo de vontade de dormir bem e profundamente. Finalmente. Vejo o mesmo cansaço em Drew.

Exaustão emocional pode ser mais esgotante do que qualquer um daqueles programas doidos de exercícios de sessenta dias.

Drew deita e fico com a cabeça encostada em seu peito. Ele beija o topo da minha cabeça, ao alisar o cabelo nas minhas costas.

Pergunto com uma voz baixa:

– Você ainda me acha perfeita?

– Como assim? – ele pergunta com uma voz de sono.

Levanto a cabeça para olhá-lo.

– Você fala isso toda hora. Quando estamos no trabalho, quando estamos fazendo amor, às vezes acho que você nem percebe. Você fala que sou perfeita. Depois de tudo, agora, você ainda acha isso?

Sei que estou longe de ser perfeita. Ninguém é. Mas não estou interessada na realidade, só quero saber se a opinião dele sobre mim ainda é a mesma. Se, aos olhos dele, sou menos do que era.

Ele toca meu rosto, traçando meus lábios com seu dedão.

– Ainda te acho perfeita para mim. Nada vai mudar isso.

Sorrio e me deito novamente. Em seguida, com nossos corpos juntinhos, pegamos no sono.

Capítulo 17

Na manhã seguinte, quando abro os olhos, é cedo. Uma luz cinzenta passa pelas cortinas, mas o sol ainda não saiu.

E o espaço entre nós está vazio. Estou sozinha.

Por um momento horrível e irracional, acho que tudo foi só um sonho. A vinda de Drew até Greenville, nossa reconciliação, apenas um engano vívido trazido à tona por muitas minisséries na televisão e por muitas novelas.

Mas aí vejo um bilhete na mesinha.

Não se desespere. Fui lá embaixo buscar o café da manhã. Volto o mais rápido possível. Fique na cama.

Aliviada, viro de costas e fecho os olhos. Sei, por já ter passado por isso, que se eu levantar muito rápido, o enjoo irá me bater como vingança. Não me importo muito com os enjoos matinais. É lógico que ninguém curte ficar botando tudo pra fora, mas, de um modo estranho, é confortante. Como se meu corpo estivesse falando "estamos bem". Está tudo pronto.

Dez minutos depois, me levanto devagar e coloco meu roupão. Aí desço, seguindo o cheiro de café recém-feito.

Do lado de fora da entrada da cozinha dos fundos, escuto a voz de Drew. Em vez de entrar, espio pela rachadura ao lado da junta da porta.

Drew está no balcão, batendo farinha em uma tigela de aço inoxidável. Minha mãe está sentada, rígida, na mesa do canto. Analisando contas, apertando sem dó os botões de uma grande calculadora. Ela está com cara de brava, uma expressão rígida, com certeza ignorando a outra pessoa que está no local.

Escuto e observo, conseguindo pegar o final da história do Drew.

– E eu disse "dois milhões? Não posso propor isso para meu cliente. Volte quando estiver falando sério".

Ele olha para minha mãe, mas não há reação alguma. Ele volta a mexer e diz:

– É como eu tava contando para a Kate algumas semanas atrás, alguns caras precisam aprender a perder.

Minha mãe bate uma conta na mesa e pega a próxima na pilha.

Drew suspira. Em seguida, coloca a tigela no balcão e senta na frente da minha mãe. Ela não percebe que ele está lá.

Ele pensa por um instante, coçando seu queixo. Depois, se abaixa para a minha mãe e diz:

– Eu amo sua filha, Carol. Daquele jeito que aceitaria levar um tiro por ela.

Minha mãe bufa.

Drew acena.

– Ok, entendi. Isso provavelmente não significa nada pra você. Mas... é a verdade. Não posso te prometer que não vou fazer merda de novo. Mas se eu fizer, não será tão épica quanto a mais recente porcaria que fiz. Te prometo que farei de tudo para compensar isso para a Kate... para deixar tudo isso bem.

Minha mãe continua olhando para a conta em sua mão, como se tivesse a cura do câncer lá.

Drew senta, olha em direção à janela, e dá um sorrisinho.

– Quando eu era criança, queria ser meu pai. Ele usava aqueles ternos legais e trabalhava no andar mais alto de um prédio enorme. E ele sempre arrumava tudo, como se o mundo todo estivesse na ponta de seus dedos. Quando conheci Kate... não... quando percebi que a Kate significava isso para mim, tudo o que queria era ser o cara que a faria feliz. Que a surpreenderia, que a faria sorrir.

Pela primeira vez, minha mãe olha para Drew. Ele a olha de volta e diz com uma voz determinada:

– Eu ainda quero ser aquele cara, Carol. Eu ainda acho que posso ser. Espero que, um dia, você ache isso também.

Após um instante, Drew levanta e volta a fazer o café da manhã no balcão.

Espero, observando, enquanto minha mãe continua sentada na mesa, em silêncio e sem se mexer. Não é isso que todos os pais querem escutar? Que o único objetivo da pessoa que sua filha ama é fazê-la feliz? Não consigo acreditar que ela não se emocionou com o que Drew disse.

Ela diz:

– Está fazendo errado.

Drew para de mexer e vira para minha mãe:

– Estou?

Ela levanta e pega a tigela da mão dele.

– Sim. Se você mexer muito, as panquecas ficarão pesadas. Muito grossas. Você precisa mexer apenas o suficiente para misturar os ingredientes – ela abre um sorrisinho para ele, mas só isso. – Vou te ajudar.

Devagar, Drew sorri de volta.

– Que ótimo. Obrigado.

É, aí vem a ternura e a confusão. Meu coração se derrete um pouquinho. Porque toda garota quer que sua mãe veja a bondade do homem que ela ama.

Chego, tranquila, na cozinha.

– Bom dia.

– Bom dia, meu amor. Como está? – pergunta minha mãe.

– Bem. Muito bem.

Vou até Drew, que me beija suavemente e coloca os braços em volta de mim.

– Por que levantou? Não leu meu bilhete?

– Li. Mas queria ver o que estava aprontando. Como está indo?

Ele pisca.

– Estamos quase lá.

Ficamos em Greenville por mais um dia, antes de pegarmos um voo noturno de volta à Nova York. A primeira coisa que fazemos na manhã do sábado é passar pela soleira da porta e entrar no nosso apartamento juntos.

Dou uma olhada na sala de estar, enquanto Drew coloca nossas malas no canto. O apartamento parece ter acabado de ser limpo, está brilhando, e tem cheiro de lustra-móveis de limão. Está exatamente do mesmo jeito que deixei há uma semana. Nada mudou.

Como se estivesse lendo minha mente, Drew diz:

– O pessoal da limpeza deu uma passada.

Olho pelo corredor em direção ao banheiro:

– E a fogueira?

Já tínhamos conversado sobre o ataque de piromania do Drew. Ele disse que queimou algumas fotos, mas ainda tem algumas cópias. Tudo o que foi perdido pode ser substituído.

Não acham meio poético?

Falo, séria:

– Drew, precisamos conversar.

Ele me responde com cautela.

– Nenhuma conversa na história da humanidade que começou com esta frase terminou bem. Vamos nos sentar.

Sento no sofá. Ele pega a cadeira reclinável e a vira para me ver.

Vou direto ao ponto:

– Quero me mudar.

Ele tenta entender o que eu disse, enquanto me preparo para a discussão prestes a começar.

No entanto, ele apenas acena levemente:

– Você está certa.

– Estou?

– Claro, é lógico – ele olha pela sala – Devia ter pensado nisso antes. Foi aqui que seu maior pesadelo se tornou realidade. Igual àquela casa de *Horror em Amityville*, quem seria o idiota que gostaria de continuar vivendo lá?

Ele está reagindo melhor do que esperava. Até que continua:

– Minha irmã conhece um ótimo corretor de imóveis. Vou ligar para ela. Podemos ficar no Waldorf se quiser, até encontrarmos uma nova casa. Neste mercado, acho que não deve demorar muito.

– Não, Drew, eu disse que *eu* quero me mudar. Sozinha. Quero ter meu próprio apartamento.

Sua sobrancelha se enruga.

– Por que você gostaria de fazer isso?

Provavelmente, você deve estar se perguntando a mesma coisa. Estive pensando nisso, planejando tudo na minha mente, desde que decidi que queria ficar com o bebê, com ou sem o Drew. Porque há tipos diferentes de dependência. Sempre quis ter segurança financeira, e agora tenho. Mas nunca fui independente no sentido emocional. Por conta própria. E, nesta época da minha vida, é algo que quero.

Mesmo que seja apenas para provar a mim mesma que consigo fazer isso.

– Nunca vivi sozinha, sabia?

Ainda confuso, ele diz:

– Tá ce-r-to?

– No primeiro ano da faculdade, morei em residência. Em seguida, eu, a Dee, o Billy e outras pessoas alugamos um lugar fora do campus. Aí depois, eu e o Billy ou eu, a Dee e o Billy sempre dividíamos uma casa ou um apartamento. Mais tarde, me mudei para cá com você.

Drew se curva para frente, encostando seus cotovelos nos joelhos:

– Aonde quer chegar, Kate?

– O que estou querendo dizer é que eu nunca voltei pra casa e não tive alguém me esperando. Eu nunca decorei ou comprei algum móvel sem consultar uma pessoa. Tenho 27 anos e, praticamente, nunca dormi sozinha.

Ele abre a boca para argumentar, mas continuo:

– E... e acho que você disse algo bem válido sobre acelerar as coisas. Nós partimos de uma noite de amor, em um final de semana, para morarmos juntos da noite para o dia.

– E veja como tudo deu certo! Sei o que quero, quero você. Não tinha nenhuma razão para esperar, pois...

– Mas talvez *houvesse* alguma razão para esperar, Drew. Talvez a gente pudesse ter criado uma base mais sólida para nosso relacionamento se tivéssemos apenas... saído... por um tempo antes de morarmos juntos. Talvez, se tivéssemos ido mais devagar, nada disso teria acontecido.

Ele está irritado. E um pouco em pânico. Ele está tentando esconder isso, mas dá para perceber.

– Você disse que me perdoou.

– Eu perdoei. Mas... não me esqueci.

Ele mexe a cabeça.

– Isso é apenas uma desculpinha de mulher para você me jogar na cara pelo resto das nossas vidas!

Ele tem um pouco de razão. Estaria mentindo se dissesse que não estou tentando convencê-lo de que ele está errado, de que não pode me tratar do jeito que bem entender. Que há consequências para seus atos.

De que se ele fizer algo errado de novo, eu posso – e irei – deixá-lo.

Mas não é *apenas* isso.

– Você quer mudar a decoração? – pergunta ele. – Fique à vontade. Quer pintar as paredes de rosa e colocar malditos lençóis de unicórnios na cama? Não vou falar nada.

Agora, estou mexendo a cabeça.

– Preciso saber que consigo fazer isso, Drew. Por *mim*. E... para que, quando nosso filho ou filha sair de casa, possa entender como é isso, para poder ajudar.

Neste momento, espero que Drew concorde com quase tudo o que quero.

As mulheres sabem quando estão no controle da situação. Você sabe do que estou falando. Os dias depois que seu marido se esqueceu do aniversário de casamento, ou seu namorado passou horas demais no bar com os amigos assistindo ao jogo. Nos dias depois de uma discussão, quando as mulheres ganham a briga, tudo fica pacífico. Adorável. Os homens fazem de tudo para serem atenciosos e corteses. Eles guardam os sapatos no armário, tiram o lixo sem ao menos precisar pedir e se lembram de levantar a tampa antes de fazerem xixi.

Então, apesar de saber que Drew não ficará feliz com meu raciocínio, imagino que ele continuará sendo compreensível e prestativo.

– Bom, isso é uma porra de uma idiotice!

Não foi bem o que imaginei.

Cruzo os braços sobre o peito.

– Não. Para mim, isso não é.

Ele se concentra.

– Então, você está louca! – ele coloca uma mão no cabelo e recupera seu autocontrole.

Ao falar, as palavras saem calmas, moderadas, como um empresário com bom senso usando sua lábia.

– Tudo bem... vamos concordar que os últimos dias foram muito emotivos. E você está grávida... você não está pensando direito. Quando a Alexandra estava grávida, ela queria raspar o cabelo igual ao da Miley Cyrus. O cabeleireiro conseguiu convencê-la do contrário e, no final das contas, ela ficou feliz. Então, vamos deixar essa ideia de lado... e pensar nela novamente mais tarde.

Suspiro.

– Isso será bom para nós. Ainda vamos continuar nos vendo alguns dias, mas com um pouco de tempo separados, um pouco de espaço...

– Você falou para sua mãe que não precisa de espaço. Que precisávamos estar juntos para resolver isso.

– Isso foi naquele momento – digo, encolhendo os ombros. Depois, falo o antigo ditado: – Se você ama alguém, solte-o. Se ele voltar para você, é porque era seu.

Ele belisca a ponta do nariz.

– Então... você vai me provar que nunca vai me deixar... me deixando?

– Não. Vou te provar que nunca vou te deixar... voltando pra você.

Drew puxa a calça da cintura e olha para baixo.

– Não, ainda tenho um pinto. O que explica muita coisa, porque o que você está dizendo só faz sentido na cabeça de uma mulher.

Viro os olhos. Drew segue em frente:

– Você está grávida, porra, Kate! Vamos ter um filho. Agora não é hora de dar um passo para trás e ficar pensando se quer estar em um relacionamento!

Pego na mão dele e o sento perto de mim no sofá.

– Você se lembra de tudo o que fez antes de eu me mudar para cá? As flores, as bexigas, a conversa com a Irmã B, ter redecorado o escritório em casa. Foram gestos lindos. Eles me mostraram o quanto você me queria e o quanto você estava disposto a mudar sua vida por mim.

Olho para nossas mãos dadas.

– Mas, eles também fizeram uma oferta que eu não podia recusar. Nenhuma mulher pode. E acho que uma parte sua acredita ter me persuadido a morar com você. Que se você não tivesse me amolado e ficado tanto no meu pé, eu nunca teria te escolhido.

– Você não teria.

– Viu o que quis dizer? Isso não é verdade. Pode ter demorado pra eu confiar em você novamente, pra acreditar que estava pronto para um relacionamento, mas eu teria te escolhido. Eu teria continuado apaixonada por você e querendo uma vida ao seu lado, por causa de quem você é. Não é por causa das coisas que você fez para mim. Temos que consertar isso, Drew. Desse jeito, você nunca duvidará da razão de eu estar com você.

Ele tira a mão e a passa no rosto.

– Então, você quer pagar por um apartamento, empacotar todas suas coisas, comprar móveis, ter todo o trabalho de se mudar... apenas para provar a mim e a você que consegue isso? Sabendo que, em algum momento, vai acabar voltando a morar comigo?

– Bom, quando você fala desse jeito, isso tudo parece ridículo.

– Isso! Obrigado. Se deixarmos toda a baboseira psicológica sobre o lado emocional de fora, tudo é *ridículo*!

– Não, não é. Porque, mais tarde, quando decidirmos morar juntos novamente, estaremos na mesma página. Não será você que abrirá espaço na sua vida para mim, seremos nós dois tomando uma decisão juntos. Pelas melhores razões.

Ele olha para longe em direção à porta, pensativo. Depois, vira para mim novamente:

– Não. Me desculpe, Kate. Quero te fazer feliz, eu quero. Mas não posso concordar com algo tão sem sentido. Não vou concordar com isso. Não vou. Apenas não irei.

Ele cruza os braços e faz beiço. Como uma criança de dois anos que recusa se mexer até a hora que quiser.

Teve uma época, há pouco tempo, que esta recusa teria me abalado. Que eu deixaria sua opinião se tornar a minha. Que eu teria cedido pelo amor que tenho por nosso relacionamento e pela minha sanidade.

Mas não mais.

Levanto.

– Vou fazer isso, Drew, com ou sem você. Eu, realmente, espero que possa ser com você.

Em seguida, ando pelo corredor até o quarto.

Fico parada no meio do quarto durante alguns minutos, me lembrando. Alguns dos momentos mais lindos e românticos da minha vida aconteceram aqui.

Estaria mentindo se dissesse que não vou sentir falta disso.

Mas tenho convicção de que esta mudança nos fará bem. De que, em algum momento, isso fará a diferença entre nos ruirmos sob o peso de nossa paixão e teimosia ou nos tornarmos um casal ainda mais forte do que éramos.

Só queria que Drew conseguisse enxergar isso também.

Com um suspiro, vou até o armário para pegar minha mala. Quando saí daqui uma semana atrás, levei comigo apenas uma malinha, então ainda tem muita roupa para ser empacotada. Vejo a mala de couro bege grande na prateleira de cima.

As prateleiras de *closet* realmente não foram projetadas para as baixinhas. Fico na ponta dos pés, tentando alcançar a alça. Penso em pegar uma cadeira no outro quarto, mas pulo para tentar pegar antes.

Ao dobrar os joelhos para tentar novamente, escuto Drew vindo atrás de mim. Ele alcança sobre minha cabeça, e pega a mala facilmente, colocando-a no chão.

– Você não devia esticar tanto seus braços sobre a cabeça. Não é bom para você... para o bebê – ele sai do closet e coloca a mala na cama.

– Como você sabe disso? – pergunto ao segui-lo.

Ele encolhe os ombros.

– Quando Alexandra ficou grávida, eu li bastante. Queria estar preparado caso ela entrasse em trabalho de parto durante alguma reunião de família, ou se ficássemos presos juntos num táxi durante a hora do rush.

Ele abre o zíper da mala e acrescenta:

– Eu, com certeza, teria que arrancar meus olhos depois daquilo, mas teria valido a pena.

Sorrio.

Ele me pega nos ombros e me coloca sentada na ponta da cama.

– Apenas... coloque seus pés para cima. Relaxe.

Ele, então, vira para a cômoda e tira uma pilha das minhas camisetas da gaveta, colocando-as organizadamente na mala. Ele não olha para mim ao fazer isso.

– Está me ajudando a fazer as malas?

Ele acena firmemente.

– Sim.

– Mas você ainda não quer que eu mude?

– Não.

– E... você ainda acha que é uma ideia besta?

– Sim. Você não tem muitas ideias bestas, mas, mesmo se tivesse, esta seria a mais idiota de todas.

Ele pega outra pilha da gaveta, enquanto eu pergunto:

– Então por que está me ajudando?

Ele joga a pilha na mala e faz contato visual. Seu rosto diz tudo o que ele está sentindo: frustração, resignação... devoção.

– Nos últimos dois anos, disse uma dúzia de vezes que faria qualquer coisa por você – ele encolhe os ombros. – Este é o momento de eu entrar com tudo ou calar a minha boca.

E é... é por isso que eu o amo. Acho que é por isso que você o ama também.

Pois, apesar de seus defeitos e erros, Drew é corajoso o bastante para me dar tudo o que tem. De colocar seu coração na mira e me dar a faca.

Ele faria coisas que odeia, apenas por ter pedido a ele. Ele iria contra seus instintos e bom senso, se fosse necessário para mim. Ele me colocaria na frente de seu bem-estar, da sua felicidade.

Levanto, coloco os braços em volta do seu pescoço e beijo seus lábios. Um pouco depois, meus pés saem do chão e sua mão está enterrada em meu cabelo. Sua boca captura meu gemido, ao me puxar para mais perto.

Eu o afasto e digo:

– Você é maravilhoso.

Ele me dá um sorriso fraco:

– É o que dizem.

Sorrio.

– E eu te amo.

Ele me coloca no chão, mas continua com os braços na minha cintura.

– Que bom. Então, você vai me deixar colocar três cadeados no apartamento em que decidir morar. E uma corrente. E uma fechadura.

Abro um sorriso grande.

– Ok.

Drew lentamente se aproxima, me levando para mais perto da cama.

– E você não vai reclamar quando eu instalar um sistema de segurança.

– Nem sonharia em fazer isso.

Damos outro passo juntos, como se estivéssemos dançando.

– Estou pensando em comprar pra você um daqueles colares que dizem "eu caí e não consigo levantar" também.

Meus olhos se apertam ao fingir que estou pensando sobre essa ideia.

– Podemos conversar sobre isso.

– E...você terá que me deixar te levar pra casa depois do trabalho toda noite.

– Sim.

A parte de trás das minhas pernas encosta na cama.

– Vou com você a todas as consultas médicas.

– Em nenhum momento achei que você não faria isso.

Drew segura meu rosto em suas mãos.

– E, um dia, vou te pedir em casamento. E você saberá que não é porque está grávida ou por alguma tentativa desesperada para te ter.

Lágrimas escorrem dos meus olhos ao nos olharmos.

Com uma voz rouca, ele continua:

– Você saberá que estou te pedindo porque nada me deixaria mais orgulhoso do que poder dizer: "Esta é minha esposa, Kate". E, quando eu te pedir, você responderá que sim.

Ao acenar, uma lágrima se arrasta pela minha bochecha. Drew a seca com o polegar enquanto eu prometo:

– É claro que sim.

Aí ele me beija, com toda a paixão e desejo que ele conteve durante os últimos dois dias. Drew faz carinho na minha cabeça ao cairmos na cama, juntos. Em seguida, me arqueio e, ao me esfregar nele em um lugar que já está duro e preparado, sinto um calor passar do estômago até as coxas.

Encostando seus cotovelos na cama sobre meus ombros, Drew levanta a cabeça e ofega:

– Então... estamos fazendo sexo de reconciliação... ou de término? Porque tenho ideias fantásticas para os dois.

Abro minhas pernas, aninhando o Drew entre elas:

– É lógico que é sexo de reconciliação, talvez seja um pouquinho de término. Mas é muito mais sexo de último dia no apartamento. É muita coisa para se fazer, então acho que vai demorar um bom, bom tempo.

Drew sorri. Ele dá aquele sorriso encantador de garotão, um dos meus favoritos, que aparece apenas em ocasiões especiais.

– *Adoro* como você pensa.

E não saímos da cama pelo resto do dia.

Epílogo

Oito meses depois

Então...voltei a frequentar a igreja. Toda semana. Às vezes, duas vezes por semana.

Sim, sou eu, o Drew.

Bom te ver. Sentiu saudade? Levando em conta a expressão em seu rosto de "gostaria de enfiar seu pinto num apontador de lápis automático", acho que isso é um não.

Ainda está com raiva, né? Não posso dizer que te culpo. Foram três semanas duras antes de conseguir olhar meu reflexo no espelho e não querer bater na minha bunda. Na verdade, teve uma noite em que eu estava com os caras, comemorando um acordo ferrado que o Jack fechou e, depois de muitas doses de Jäger, implorei para que o Matthew me desse um soco bem forte no saco.

Porque não conseguia parar de ver o olhar no rosto da Kate quando ela entrou por aquela porta naquela noite horrível. Ele voltava na minha mente diversas vezes, igual àqueles filmes insuportáveis que passam constantemente na TV a cabo, mas que ninguém nunca assiste.

Para minha sorte, Matthew recusou. Tenho mais sorte ainda, pois Deloris não estava com ele, porque ela, com certeza, teria ficado muito feliz em dá-lo. É... a lista de pessoas que tive que beijar a bunda durante os últimos meses foi enorme. Poderia fazer uma linha de produção. Kate, Deloris, Carol, meu pai, Alexandra...

Tinha um estoque de protetores labiais, não queria me machucar.

Você perdeu muita coisa. Vou tentar te deixar por dentro de tudo.

O que você sabe sobre épocas de renovação? Todo grande time de beisebol tem uma. Os Yankees, no entanto, tem uma em anos alternados. A meta de um ano de renovações não é ganhar o Campeonato Mundial. É desenvolver suas forças, reconhecer suas fraquezas. Tornar seu time sólido... forte.

É assim que foram aquelas semanas para a Kate e para mim depois que ela inventou de se mudar. Ela não demorou muito para encontrar um apartamento novo. Era com um quarto, mobiliado, em uma parte boa da cidade. Era pequeno... minha irmã o chamava de pitoresco. Se estivesse sendo positivo, diria que era bem legal.

Mas ser positivo não é bem minha praia, então era um lixo. Eu o odiava, cada centímetro dele.

A primeira segunda-feira que eu e a Kate voltamos ao trabalho não foi agradável. Meu pai nos levou até seu escritório e fez com que a gente ficasse sentado, escutando O Sermão.

É uma técnica de castigo que ele desenvolveu durante a minha adolescência, quando percebeu que bater em mim pelos meus erros não era tão eficaz quanto antes. O velho é um falante – Wendy Davis não tá com nada perto dele –, e ele consegue ficar falando durante horas. Houve épocas em que eu, na verdade, preferia que ele me batesse, seria tudo muito mais fácil.

O longo discurso verbal que ele aplicou naquele dia, em particular, comigo e com a Kate incluía palavras como "decepcionado" e "julgamento incorreto", "imaturidade" e "autorreflexão".

No final, ele explicou que tem dois grandes amores na vida – sua família e sua empresa –, e que ele não permitiria que um acabasse com o outro. Então, se a Kate ou eu deixarmos nossas vidas pessoais interferirem no nosso desempenho profissional novamente, um de nós ou nós dois teríamos que procurar emprego em outro lugar.

No geral, achei tudo aquilo bem benevolente da parte dele. Se eu tivesse em seu lugar, teria me demitido. Mais tarde, quando contamos para ele que ele seria avô pela terceira vez... Bom, vamos apenas dizer que as ótimas notícias demoraram um bom tempo para reestabelecer nossa relação.

Eu e a Kate nos víamos todos os dias, no trabalho e depois dele. Não dormíamos na mesma casa, mas tínhamos encontros: jantares, shows, caminhadas no Central Park, maratonas de conversas ao telefone, que eram mais longas do que as de adolescentes. Conversávamos muito. Acho que essa era a intenção.

Não fazíamos nada escondido. Tudo era posto na mesa. Conversávamos sobre nossas inseguranças – dúvidas são como ervas, se você não lidar com elas rapidamente, elas se multiplicam. E antes que perceba, seu jardim parece como uma floresta no Vietnã.

Kate me acusou de usar o sexo como uma arma e um cobertor de segurança. E eu lhe disse que ela me exclui, que ela me afasta, que não tenho como saber o que ela está pensando. Cá entre nós, tínhamos tantos problemas que dava para fazer uma temporada completa de "Dr. Phil e os Casos de família".

Quem diria?

Jogar tudo na mesa ajudou. Eu falava tanto sobre meus sentimentos que é um milagre que seios não tenham aparecido em mim.

Sabe quando está limpando o quarto? E tem que tirar tudo, mandar embora um monte de merda, limpar as prateleiras, antes de colocar tudo de volta ao lugar? Era mais ou menos o que estava acontecendo.

Conversávamos sobre tudo o que fizemos quando estávamos separados. Mas vou te falar uma coisa, aquelas conversas eram tão legais quanto fazer a porcaria de uma colonoscopia.

Sua troca de línguas com o Warren foi abordada nos mínimos detalhes.

Será que fiquei nervoso?

Querosene é inflamável?

Queria socar a parede e a cara dele. Eu ainda queria estabelecer limites e dizer para Kate que ela nunca mais falaria com aquele filho da puta de novo. Nunca mais o veria.

Nunca.

Mas não fiz isso. Porque, por mais que odeie assumir, o idiota estava do lado dela quando eu... não estava. Ele a ajudou quando eu botei a bunda dela para fora com uma bota de aço. Então, de um jeito estranho, ferrado, que não faz sentido algum no mundo, ele me fez um favor. Além disso, a Kate gosta muito do idiota. E, apesar de eu querer ser tudo para ela, não posso negar algo, alguém, que a faça feliz.

Portanto, por conta do meu próprio comportamento, estou disposto a dar um passe livre para o bundão. Só desta vez.

É claro que, na próxima vez em que eu encontrar com ele, isso não vai valer mais. Se o retardado me irritar, tenho livre arbítrio para jogar os dentes dele na garganta. Como ele ama me irritar, é provável que isso aconteça.

Por que está me olhando deste jeito? Não me diga que, agora, você, na verdade, *gosta* do cara? Deus do céu, o suquinho deve ser muito gostoso, pois todo mundo está tomando-o recentemente.

De qualquer modo... próximo assunto... você sabe que não transei com a stripper. Mas o que não sabe é... não foi por não tentar.

Antes que corte minha cabeça, vamos nos lembrar de que a Kate tinha acabado de arrancar meu coração com suas mãos vazias. Ela disse que estava me deixando, que tudo tinha terminado entre nós.

E eu acreditei nela.

O que me traz de volta àquela declaração do início. É isso mesmo, a igreja. O simples fato é, devo a Deus. Bastante. E não é por causa das razões que você deve estar pensando.

O que você sabe sobre disfunção erétil? Síndrome do Pau Mole. Falha no lançamento. É um estado que todo pobre homem com um pau terá que enfrentar em algum momento de sua vida. É aterrorizante. Igual àquelas pedras do espaço que batem na Terra, um dia isso acontecerá.

Mas, para mim, aconteceu apenas uma vez. Quer adivinhar quando? Isso mesmo, naquela noite terrível. Depois que a Kate saiu, a stripper deu seu showzinho por uns quinze minutos. Em seguida, ela se ofereceu para dar o próximo passo – para nos conhecermos mais no sofá, no quarto, no lustre da sala de estar.

No entanto, eu sabia que não ia rolar nada. Não dava. Porque eu tava tão duro quanto uma bola de chiclete mastigada.

Bom, talvez eu não conseguisse fazê-lo subir porque estava acabado por causa da Kate. Talvez tenha sido porque tinha consumido álcool o bastante para matar um cavalo. Mas prefiro pensar que isso foi um ato de Deus.

Uma intervenção divina para me salvar da minha própria estupidez.

E funcionou. Porque hoje, Kate e eu estamos melhores do que nunca. E tenho quase certeza de que isso não seria assim se eu tivesse realmente comido outra mulher. Não sei se a Kate conseguiria me perdoar por isso. Sei que eu não conseguiria me perdoar.

Depois que tudo aquilo saiu do nosso caminho, chegamos à parte boa. A reconciliação. Ganhá-la de volta. Sempre fui muito bom nesta parte, lembra?

Mas não gosto de ser repetitivo, não é muito criativo. Desta vez, não teve dilúvio de flores. O escritório não ficou cheio de bexigas. Não houve bandas com três homens.

No entanto, houve mensagens de texto amorosas. Presentinhos, porém com bastante significado. Bilhete na porta do apartamento dela. Toda vez que pensava nela quando ela não estava comigo, toda vez que sentia saudade dela dormindo ao meu lado, eu a deixava saber disso. Com poesia ou não.

Mas Kate também não ficou parada. Apesar de sua óbvia felicidade por estar vivendo sozinha, ela me deixou saber que estava se sentindo solitária sem mim. Ela insistiu que conversássemos ao telefone toda noite antes de dormir. Normalmente, ela pegava no sono enquanto eu ainda estava do outro lado da linha, e eu passava mais tempo do que podia escutando sua respiração.

Isso é lamentável?

Foda-se, sou muito mais do que carinhoso.

Kate também fazia nossa janta na casa dela três vezes por semana. Depois, trabalhávamos juntos na mesa da cozinha, como dois bons alunos no Ensino Médio se matando de estudar para as provas finais.

Mas, perto da oitava semana, senti que era necessário fazer algo grande. E dei meu maior passo.

Já assistiu ao filme *Digam o que quiserem*? Lembra quando o John Cusack segura aquela caixa de som na cabeça? Copiei sua ideia. Mas, em vez de um tocador de CD, fiquei na calçada da Kate com uma máquina de karaokê.

Você lembra a minha opinião sobre karaokê, né? Tem muita coisa em que sou bom, mas cantar não é exatamente uma delas. Superei isso e cantei a plenos pulmões toda canção de amor de veado que conseguia me lembrar.

Matthew, Steven e Jack apareceram por lá e se sentaram no meio-fio e me provocaram, mas nem liguei. Porque o tempo todo em que eu estava cantando, Kate estava parada na varanda dela, me observando, com um sorrisinho em seus perfeitos lábios.

A humilhação pública não parava por aí.

Porque no meio da música "Mirrors", do Justin Timberlake, Kate desceu, pegou na minha mão, e me levou para dentro do apartamento. Mostrei o dedo do meio para os meninos ao sair de lá. E quando chegamos, Kate montou em mim como uma princesa guerreira se preparando para a batalha.

O quê? Você não achou que não estávamos transando, né? Euzinho, ficar dois meses sem pegar nada?

Por que não arranca meu cérebro com um alicate? Acho que isso seria menos doloroso.

Temos transado. Mas como já disse, não passávamos a noite juntos. Então, era como tomar um sorvete sem a cobertura. Continua gostoso, mas, com certeza, tem algo faltando.

Naquela noite, no entanto, tudo mudou. Porque quando abri os olhos, já era de manhã, e Kate já estava acordada. Me olhando. Ela passava os dedos no meu peito e me beijava. Ela me contou que estava pronta, que queria que morássemos juntos novamente.

Aquilo... foi o segundo melhor dia da minha vida.

Encontramos um apartamento novo bem rápido. Já estava procurando há um tempinho e tinha diminuído minhas opções para três lugares.

Era importante para Kate que escolhêssemos um lugar que pudesse ser "nosso" em todos os sentidos da palavra. Para ela, isso representava um novo começo para nosso relacionamento. Um símbolo de algum tipo de poder feminino que ela, de algum modo, pensou que estava faltando antes. Sempre achei que Kate fosse forte, independente. Nunca percebi que *ela* não achava isso.

O prédio já tem mais de cem anos, com estruturas originais, janelas do teto ao chão, e duas varandas com vista para o Central Park. Além disso, o Bon Jovi mora a alguns andares abaixo de nós, o que é legal. Kate é uma grande fã dele.

Acho que isso é tudo. Esqueci de algo?

Aprendi minha lição. Para sempre, desta vez. Estou falando sério. Se eu chegar em casa e a Kate estiver transando com algum cara na nossa cama? Não vou surtar, não vou falar nada.

Vou apenas pegá-la, colocá-la em meu ombro e levá-la para o laboratório de DNA mais próximo para garantir que é a Kate mesmo, e não alguma irmã gêmea desaparecida do mal que chegou para fazer nossas vidas virarem um inferno.

Nunca vou duvidar da Kate de novo. Aliás, de nós.

Ainda não acredita em mim?

Tudo bem. O tempo mostrará isso. Além disso, Kate acredita em mim. E é o que realmente importa, né?

Agora que está atualizada, não vou te encher o saco com mais outras recapitulações. Mas a história ainda não terminou. Você pode assistir ao resto da ação, ao vivo.

– Não consigo comer mais nada. Acho que meu estômago vai explodir.

– Deus do céu, Matthew, outro pedaço! Como aguenta? – pergunta Deloris.

Matthew esfrega sua barriga sobressalente, como um avô no Dia de Ação de Graças.

– É um presente.

Ela vira os olhos.

A gangue toda está aqui. Os meninos vieram ajudar a arrumar os móveis no quarto do bebê, e as meninas vieram junto para supervisionar. Madeira de cerejeira sólida, isso é uma merda pesada. Siga meu conselho: compre madeira falsa. Fica tão bonito quanto e é muito mais fácil de carregar.

Shamu encara Matthew quando ele pega o quinto pedaço de pizza.

– Matthew, estou falando sério, é melhor você parar.

Shamu? Ah, é a Alexandra – um novo apelido temporário. Matthew e eu inventamos há algumas semanas, quando ela fez uma terrível escolha ao utilizar um maiô de gestante preto e branco para ir à praia.

Mas não conte para o Steven, ok? Ultimamente, ele não tem achado graça nenhuma quando a gente irrita a minha irmã.

Com a boca cheia, Matthew fala para ela:

– Não fique com ciúmes, Shamu, só porque você está muito inchada para curtir esta iguaria fina.

Oh-oh. Conseguiu pegar o fora que ele deu?

A Alexandra, com certeza, pegou.

– Do que você me chamou?

– Como assim?

– Shamu. Você me chamou de Shamu. Que merda isso significa, Matthew?

Nunca vi ninguém fazer fila na frente do corpo de bombeiros, mas agora sei como isso seria. Matthew se engasga com a mordida, como se tivesse engolindo um tijolo. E seus olhos bem grandes viram para mim pedindo ajuda.

Está sozinho nessa, cara. Tenho um filho a caminho. Seria bom ter os quatro membros funcionando quando ele nascesse.

– Eu... ah... estou ficando com a síndrome de Tourette.

Deloris parece confusa. Os olhos de Alexandra se contraem.

– Filhodamãebundãoignorantechupador. Entendeu?

Shamu se vira.

– Tanto faz.

Ah. Isso foi decepcionante. A gravidez deve estar fazendo ela perder o jeito. E falando sobre gravidez, Kate entra no quarto.

Seu cabelo está comprido e brilhante. Quando ela se movimenta, ele cai da esquerda para a direita. Ela está com cara de cansada, e está com uma mão nas costas para ajudá-la a apoiar a imensidade que está na parte da frente.

Não consigo desviar os olhos dela. Ela está adoravelmente redonda. Como um daqueles Kinder ovos que eu costumava comer quando era criança. Ela se joga no sofá perto de mim e coloca os pés inchados, como os de Fred Flintstone, na mesinha de centro.

– Estou tão grande.

Sorrio e coloco a mão no seu monte redondo, esfregando-o como uma cabeça careca para desejar boa sorte. Saber que realmente tem um bebê lá dentro, senti-lo ou senti-la se mexer através da pele de Kate, é completamente maravilhoso.

Quando está passando um jogo dos Yankees, converso com ele – passo todos os detalhes, como um intérprete de cegos. E à noite, quando Kate está dormindo, posiciono o controle remoto da TV na barriga dela só para ver o bebê chutar por dentro. Isso é legal, não acha? De um jeito meio estranho, igual ao *Alien*, mas ainda assim legal.

– Você realmente *está* enorme – digo –, acho que seu peso dobrou desde o café da manhã.

Todos ficam, sinistramente, em silêncio.

Kate encara minha mão durante um instante bem longo.

– Com licença... tenho que... ir... – Ela levanta e se arrasta, correndo pelo corredor.

Provavelmente, foi fazer xixi, ela tem feito bastante ultimamente.

Em seguida, Deloris me dá um tapa.

Plaft.

Bem na orelha.

– Ai! – esfrego meu lóbulo dolorido.

Shamu solta um suspiro de frustração.

– Você pode dar um por mim também, Deloris? Acho que não consigo me levantar.

Plaft.

– Cacete! Que merda é essa?

Alexandra me enche o saco.

– Está *pensando* o quê? Você não pode dizer para uma mulher que ela está enorme quando está apenas a três dias da data do parto!

– Eu não disse. *Ela* disse. Eu apenas concordei.

– Deloris.

Plaft.

– Porra!

Se o zumbido indicar alguma coisa, tem uma grande chance de eu ter acabado de ficar surdo.

– Kate sabe que não quis ofendê-la.

Deloris cruza os braços, convencida.

– É lógico que ela sabe, imbecil. É por isso que ela está, agora, no banheiro, chorando igual a uma louca.

Faço um esforço para entender e olho no corredor. Pode ser que a Deloris esteja apenas me enchendo o saco. Ultimamente, este tem sido seu passatempo predileto, fazer eu me sentir culpado por toda a merda pela qual Kate já me perdoou. Deloris Warren é o Mickey Mantle[4] do rancor guardado.

Alexandra se empurra do sofá.

– Por falar nisso, Steven, me leve pra casa. Mesmo que seja muito divertido assistir meu irmãozinho se humilhar, estou muito cansada para realmente curtir isso agora.

Deloris e Matthew também se levantam para ir embora, para que os quatro possam dividir um táxi. Apesar de que não sei como eles farão isso, já que a Alexandra vai precisar do banco de trás todo só para ela.

No entanto, não vou compartilhar este pequeno detalhe.

Além disso, tenho algo mais importante para cuidar. Preciso encontrar minha namorada.

---

4 Mickey Mantle foi um jogador de beisebol. Ele ganhou muitos campeonatos e foi eleito três vezes o jogador mais valioso da temporada (MVP). Jogou no New York Yankees. (N. E.)

Bato levemente na porta do banheiro.

– Kate?

Escuto algo se arrastando atrás da porta.

– Já estou saindo.

Merda. Seu tom de voz está abafado. Úmido. Deloris não estava brincando comigo. Levanto os braços para pegar a chave na parte de cima da moldura. Destranco a porta e a abro lentamente, e lá está ela. Parada na frente do espelho, com rastros de lágrimas nas bochechas.

Kate se vira para me olhar e soluça. Está com voz de choro. De tristeza.

– Não quero ficar gorda.

Ela cobre o rosto com as mãos e soluça.

Tento conter a risada. De verdade. Mas ela parece tão linda e triste que quase não consigo esconder isso. Abraço-a pelas costas.

– Você não está gorda, Kate.

Sua voz é abafada pelas mãos.

– Sim, estou. Não consegui colocar os sapatos ontem. Dee Dee teve que me ajudar, porque eu não conseguia alcançar.

Desta vez, não consigo controlar a gargalhada. Encosto meu queixo no ombro dela e tiro suas mãos do rosto. Nossos olhos se encontram no espelho.

– Você está grávida, não está gorda – penso por um instante e depois acrescento de propósito. – Alexandra está gorda.

Seus olhos úmidos semicerram:

– Ela está grávida.

– Não em suas coxas.

Kate mexe a cabeça.

– Você é tão mau.

– Não estou tentando ser. Estou apenas tentando te mostrar que você é linda – passo as mãos por cima e por baixo de seu quadril justo. – Que você é sexy pra caramba.

E não estou zombando da cara dela. Seu torso pode estar em capacidade máxima, mas suas pernas continuam finas. Torneadas. E ela ainda está carregando a bunda mais bonita e empinada deste lado do Rio Hudson.

É claro que, metade do tempo, ela está hormonal e irracional, mas na outra metade, ela está com tesão. Com mais tesão do que jamais a vi. Além disso, tem os seios. Não posso me esquecer deles. Estão quase tão grandes quanto a cabeça dela. Muito engraçado.

Não que haja algum problema com os seios normais da Kate, mas os peitos da gestação são como a Índia. Você não precisa ficar para sempre, mas é muito legal fazer uma visita.

Kate duvida da minha sinceridade.

– Sexy? Pelo amor de Deus. Não puxe o saco, Drew.

Sorrio com malícia.

– Estou falando sério, querida, se eu quisesse puxar alguma coisa, não seria o saco.

Ela se joga em meus braços, sem se convencer.

– Como você poderia, algum dia, achar isso – ela aponta para o corpo – sexy?

Hesito. Passo a mão na nuca.

– Talvez você fique brava.

– Manda.

Encolho os ombros.

– Bom... eu fiz isso com você.

Este é um fato que tenho certeza de que ela não se esquecerá, quando estivermos na sala do parto.

– Te deixei assim, deixei minha marca. É a minha criança que você está carregando. É como se houvesse uma placa de neon bem grande, escrito: PROPRIEDADE DE DREW EVANS. Pode me chamar de homem das cavernas, mas isso me deixa muito excitado.

Ela fica quieta por um instante, depois olha para baixo para nossas mãos dadas.

– E se eu não conseguir perder peso depois que o bebê nascer?

– Você vai conseguir.

– Mas e se eu não conseguir?

Encolho os ombros novamente.

– Aí me tornarei um daqueles caras que adoram carne. Uma carne extra não faz mal a ninguém.

Ela vira os olhos, mas ri. Seguro o rosto dela com ambas as mãos e trago seus lábios para perto de mim. O beijo começa gentil e carinhoso.

E depois... não é mais.

Seus dentes mordem meus lábios. Forte e rapidamente. Implorando por mais. Minhas pernas tremem, querendo agradá-la.

Ainda me impressiona o poder que ela tem sobre mim. Essa pequena mulher consegue me deixar louco apenas com um olhar... um suspiro. Mas não poderia pensar diferente. Já estive do outro lado. Já vi o que a liberdade pode me oferecer.

Sofrimento.

Tragam as porcarias das correntes, aceito ser escravo a qualquer momento.

Kate se afasta, com olhos fechados. Ofegante.

– Drew... Drew, preciso...

Tiro o cabelo de seu rosto.

– O quê, amor, fala? O que precisa?

Seus olhos abrem.

– Você me quer, Drew?

Chupo seu lábio inferior e sibilo.

– Claro.

– Me mostre. Faça eu sentir isso. Não pense no bebê... apenas... me coma... como antes...

Minha Nossa Senhora.

Tudo bem, neste momento, a Kate está... alargada. Delicada. Como uma bexiga muito cheia de água.

Tive que fazer um esforço para levar as coisas com muita calma no departamento sexual. Devagar e gentil, apesar de algumas posições fantasticamente criativas. Mas agora, as coisas que ela diz, sua voz, caramba, isso é tudo que posso fazer para não incliná-la na pia e comê-la até desmaiarmos.

– Quero muito forte... por favor, Drew... como costumávamos fazer...

Caramba, acho que é assim que um gorila enlouquecido se sente logo após escapar de um zoológico.

– Não precisa olhar pra mim, se...

Como um pavio seco, estalo. Agarro seus braços mais forte do que deveria e a viro. Coloco a mão no cabelo dela, puxando sua cabeça para trás para que eu possa atacar seu pescoço. Meu furioso pau duro se esfrega na bunda dela. Kate geme. Minha outra mão sobe por sua barriga, pegando fortemente em seus seios. Eles sobram em minha mão. Nossas bocas se fundem juntas, com as línguas se batendo e lutando. Encaixo um braço por baixo dos joelhos dela e a levanto, levando-a diretamente ao quarto.

Kate empurra meu peito.

– Espera, Drew, estou muito pesada. Você vai se machucar.

Se eu não estivesse tão excitado, ficaria ofendido com isso. Interrompo-a com outro beijo profundo. Depois, a deito na cama.

Desabotoo a frente de seu vestido sem pressa, um botão por vez. Não para provocá-la, mas para mostrar a ela.

– Vai pro inferno com "Não me olhe"! Olhar pra você é a melhor parte de tudo.

Tudo bem, não é a *melhor* parte. Mas é uma parte muito boa.

Ela se mexe impaciente e abro seu sutiã. Ela o tira pelos braços. Paro por um instante para admirar minha obra, acariciando cada parte de seu corpo nu com meus olhos. *Deslumbrante.*

Em seguida, enfio o rosto entre seus seios, lambendo e chupando, elogiando cada colina.

Kate arqueia as costas e puxa meu cabelo. Se contorcendo. Arranco a minha camiseta pela cabeça.

Seus braços agarram minhas costas, me apertando forte, me puxando para mais perto. Gemo e mordisco um caminho até sua garganta para dar outro longo beijo em sua boca. Não quero que ela pense no bebê agora, mas não posso passar pela barriga sem reverenciá-lo. Aperto meus lábios nela uma vez, respeitando-o.

Depois, me levanto. Tiro o cinto e deslizo a calça e a cueca até o chão. Kate está respirando rapidamente. Seus lábios estão abertos e inchados. Seus olhos estão queimando para mim.

Pego seus tornozelos e os levo até a ponta da cama, colocando suas pernas em volta do meu quadril.

Deslizo meu pau por cima e por baixo de seus lábios, cobrindo a cabeça com o molhado.

Em seguida, paro e nossos olhos travam. Sei que ela quer ter uma boa gozada e eu quero agradá-la, mas antes:

– Caso te machuque, caso esteja desconfortável, me fala.

Ela acena rapidamente. E é a única confirmação que preciso antes de bater dentro dela. *Porra.* Gememos juntos, durante um tempo e bem devagar. Minha cabeça vira e impulsiono de novo.

Ela está mais apertada agora. Não sei se é o bebê que está juntando tudo ou Deus é que é bom, mas sua boceta me aperta como uma planta carnívora saboreando sua última refeição. Meu quadril bate contra ela, colidindo e se esfregando, o mais agressivo possível.

Parece algo primitivo. Puro. É tão intensamente delicado, impossível de se acreditar. Seus sólidos seios pulam depois de cada pressão. Ela está arquejando e gemendo, está amando cada segundo. Kate procura meu quadril, mas está muito longe de seu alcance. Ela agarra os lençóis da cama no lugar e os aperta.

Mantendo um ritmo rápido e regular, deslizo minha mão entre nós e esfrego seu clitóris do jeito que ela gosta. Depois, faço movimentos mais rápidos, belisco aqueles mamilos escuros lindos. Os seios da Kate sempre foram um ponto bem gostoso, mas ultimamente parece que eles estão muito mais sensíveis.

Ela abre a boca, mas saem apenas gemidinhos. E isso é inaceitável.

– Fala sério, amor, você consegue se sair melhor do que isso.

Dou um bom e longo puxão em cada mamilo pontudo. E ela grita:

– Drew... Drew... isso...

Muito melhor.

Coloco as mãos em seus joelhos para me apoiar. Puxo-a para dentro de mim conforme empurro mais forte. Pele batendo na pele.

– Cacete... Kate...

Não vou conseguir aguentar por muito tempo. A esta altura, não esperava muito. Meu queixo cai no meu peito e procuro e agarro sua bunda. Levantando-a, enfiando profundamente. Me mexendo mais rápido.

Kate aperta as pernas em mim e sei que ela também está quase gozando. E está gemendo... sussurando... é algo lindo. Aí ela fica rígida por baixo de mim. Se estica ao meu lado. Me leva com ela. Pego na sua cintura, segurando-a perto de mim ao gozarmos juntos.

Mais tarde, quando nossas respirações finalmente voltam ao normal, caio na cama ao seu lado:

– *Caramba.* Isso nunca cansa.

Ela ri.

– É. Tava precisando disso.

Ela morde o lábio inferior e me olha de relance. Tímida.

– Quer fazer de novo?

Como se ela precisasse perguntar.

Algumas horas depois, acordo do meu coma induzido por sexo, ouvindo o som da voz de Kate.

– Droga... porcaria de pizza. Quem foi o idiota que inventou isso.

Esfrego os olhos para acordar e olho pela janela. Ainda está escuro lá fora, apenas algumas horas depois da meia-noite. Kate está andando de um lado para o outro no quarto, esfregando sua barriga. Respirando rapidamente.

– Kate? O que está acontecendo?

Ela para de andar e olha na minha direção.

– Nada. Volte a dormir – geme suavemente. – Apenas uma indigestão.

Apenas uma indigestão?

É o que se costuma dizer antes de morrer.

Aí quando você se dá conta, o tio Morty está deitado numa maca no necrotério por causa de um ataque cardíaco destrutivo, que ele nunca soube que estava tendo. Não foi quando estava comigo, garotão.

Rapidamente, pulo da cama, vestindo uma calça de moletom. Paro ao lado de Kate, com a mão em seu ombro.

– Não seria melhor ligar para a médica?

– O quê? Não... não, tenho certeza de que é apenas... ai.... – ela se inclina, segurando seu tronco. – Ah... ai...

E um jato de água estoura entre as pernas dela. Parecem umas dez garrafas d'água.

Nós dois ficamos lá parados. Bobos. Observando as gotas caírem da barra de sua camisola no tapete. Então, como uma cobra deslizando numa grama, a realidade vem à tona.

– Ai. Meu. Deus.

– Cacete.

Lembra daquela bexiga que falei?

Isso, aquela filha da mãe acabou de estourar.

Hee hee.

Whoo whoo.

Hee hee.

Whoo whoo.

Quando tinha dezesseis anos, o time de basquete da minha escola estava empatado no Campeonato Estadual. No último jogo, estávamos perdendo por um ponto, faltando três segundos para terminar o jogo. Adivinha para quem eles passaram a bola? Quem conseguiu ganhar a cesta de três pontos?

Isso mesmo, eu consegui. Porque até mesmo naquela época, eu era uma pedra. Firme no gatilho. Não fico estressado. Medo? Pânico? Isso é coisa de perdedor.

E não sou um perdedor.

Então, por que as minhas mãos estão tremendo como se fosse um paciente com doença de Parkinson sem medicação?

Alguém já te disse que você faz muitas perguntas?

Estou pálido, enquanto seguro o volante bem forte.

Kate está no banco de passageiros, sentada em uma toalha, aplicando todas aquelas técnicas de respirações que aqueles porcarias de instrutores hippies de Lamaze nos ensinaram.

Hee hee.

Whoo whoo.

Hee hee.

Whoo.

Em seguida, no segundo gemido, ela grita:

– Ah não!

Quase bato o carro num maldito orelhão.

– O quê! Qual o problema?

– Esqueci dos pirulitos de maçã verde!

– Do *quê*?

Ela fala agitada, cheia de decepção.

– Os pirulitos de maçã verde. Alexandra disse que eles eram a única coisa que saciava sua sede quando ela estava no trabalho de parto da Mackenzie. Ia comprar alguns esta tarde, mas esqueci. Podemos parar em algum lugar para comprar?

Tudo bem. Parece que o bom senso da Kate deu tchau, então sou eu quem terá que ser a voz da razão. O que é um pouco assustador, considerando que estou preso por um fio aqui.

– Não, não podemos parar em porra alguma para comprar alguns! Está louca?

Os olhos castanhos enormes da Kate imediatamente ficam cheios de lágrimas. E me sinto como o cara mais idiota do mundo.

– Por favor, Drew? Só quero que tudo seja perfeito... e se eu quiser um pirulito durante o parto, e aí você sai para comprar um e aí tenho o bebê enquanto você estiver fora? Você vai perder tudo – lágrimas escorrem por suas bochechas como dois riozinhos. – Não conseguiria *suportar* se você perdesse.

Por favor, tomara que não seja uma menina. Pelo amor de Deus, não deixe ser uma garota. Durante todo este tempo, estive rezando por um bebê saudável sem especificar um sexo.

Até agora.

Porque se eu tiver uma filha e as lágrimas dela me dominarem igual às da Kate? Estarei totalmente ferrado.

– Ok, Kate. Tudo bem, amor. Não chore, vou passar em algum lugar.

Ela funga e sorri.

– Obrigada.

Viro o volante para a direita, fazendo uma curva ilegal, e estaciono o carro no meio-fio em frente a uma loja de conveniência.

Depois, mais rápido que um pit stop na Fórmula Indy, volto para a avenida, com os cobiçados pirulitos de maçã verde se mexendo no banco de trás.

Kate volta a fazer sua respiração.

Hee hee.

Whoo whoo.

Hee hee.

Até que ela para.

– Será que as enfermeiras vão saber que a gente fez sexo?

Olho explicitamente para sua barriga.

– A menos que você planeje declarar uma gestação imaculada, acho que elas imaginarão que sim.

Depois, aperto a buzina.

– O acelerador é do lado direito, vovozinha!

Se o seu cabelo branco volumoso for a única coisa que dá para ser vista pelo painel? Você não devia estar mais dirigindo.

Hee hee.

Whoo whoo.

– Não, você acha que elas vão saber que fizemos sexo esta noite?

Kate é engraçada com relação a isso. Tímida. Até mesmo comigo, às vezes. Teve um dia que acabei vendo ela no vaso sanitário e, depois, ficou parecendo o fim do mundo. Pessoalmente, acho isso ridículo. Mas não vou discutir com ela agora.

– É uma maternidade, Kate, não o povo da perícia. Eles não vão entrar lá embaixo com uma luz preta procurando esperma.

Hee Hee.

Hee Hee.

– É, você está certo. Eles não vão conseguir saber isso – ela parece ter ficado mais calma com esta ideia. Aliviada.

Whooooo.

Fico feliz por ela. Agora, se eu conseguir não ter nenhum ataque cardíaco, ficaremos bem.

Uma hora depois, Kate está acomodada em um quarto no Hospital Presbiteriano de Nova York, ligada a mais aparelhos do que uma pessoa de noventa anos num aparelho de suporte à vida. Sento numa cadeira perto da cama.

– Você quer alguma coisa? Uma massagem nas costas? Cubos de gelo? Sedativos?

Eu adoraria um copo de uísque agora. Ou uma garrafa inteira.

Kate pega a minha mão e a aperta bem forte, como se estivéssemos em um avião que está prestes a decolar.

– Não. Apenas converse comigo – a voz dela fica com tom de pressa. Baixa. – Estou com medo, Drew.

Meu peito se aperta dolorosamente. Nunca me senti tão inútil na vida.

Mas tento esconder isso ao máximo.

– Olha, esta coisa toda do parto é baba. Tipo assim, mulheres têm filhos toda hora. Li um artigo uma vez que falava que, antigamente, eles tiravam uma criança da barriga bem no meio dos campos. Depois, eles a limpavam, colocavam-na na mochila deles e voltavam ao trabalho. Então, não deve ser muito difícil, né?

Ela bufa.

– Pra você é muito fácil falar. A sua parte foi divertida. E acabou. As mulheres realmente se ferraram neste acordo.

Ela não está totalmente errada. No entanto, as mulheres são muito mais fortes do que os homens. Não, sério, estou falando sério. É claro que ganhamos delas na força da parte de cima do corpo, mas nos outros sentidos – psicológico, emocional, cardiovascular, genético –, as mulheres ficam em primeiro lugar.

– É porque Deus é esperto. Ele sabia que se tivesse que passar por essa merda, a raça humana teria desaparecido com o Adão.

Ela ri.

Em seguida, escutamos uma voz na porta.

– Como estamos nesta noite?

– Oi, Bobbie.

– Oi, Roberta.

Sim, eu uso apenas seu nome completo. Estresse pós-traumático? Provavelmente. Tudo o que sei que escutar o nome Bob? Isso me faz querer cortar meus pulsos com um estilete.

Roberta verifica o quadro na ponta da cama.

– Tudo parece estar bem. Você está com três centímetros de dilatação, Kate, então ainda vai demorar um pouquinho. Tem alguma pergunta?

Kate parece otimista.

– Anestesia epidural?

Aqui vai um conselho: não seja masoquista. Aceite a epidural.

Vou repetir, caso você tenha perdido: ACEITE A EPIDURAL.

De acordo com a minha irmã, é uma droga miraculosa. Ela chuparia o cara que inventou isso com muito prazer, e Steven provavelmente a deixaria. Você arrancaria um dente sem tomar anestesia? É claro que não.

E não venha com essa idiotice de passar por aquela "experiência completa" do parto. Uma dor é uma dor, não tem nada de "maravilhoso" nisso. Apenas dói pra caralho.

Roberta dá um sorriso tranquilizador.

– Vou arrumar pra já – ela faz algumas anotações na prancheta, colocando-a, em seguida, de volta no cesto. – Volto daqui a pouco para te ver. Peça para as enfermeiras me avisarem se você precisar de algo.

– Beleza. Obrigada, Roberta.

Assim que ela sai, me levanto e pego meu celular.

– Vou ligar para a tua mãe, não consigo sinal aqui dentro. Você vai ficar bem até eu voltar?

Ela acena com a mão.

– É claro. Não vou a lugar algum. Vamos ficar bem aqui.

Me abaixo e beijo a testa de Kate. Em seguida, me inclino, beijo a barriga e falo:

– Não comece sem mim.

Saio correndo para conseguir falar com a médica de Kate no corredor:

– Ei, Roberta!

Ela para e vira:

– Oi, Drew. Como está?

– Estou bem, bem. Queria te perguntar sobre a batida do coração do bebê. Um por cinquenta não é muito alto?

A voz de Roberta é tolerante, compreensiva. Ela está acostumada com isso.

– Está dentro da variação normal. É comum ver algumas oscilações mais baixas na batida do coração do feto no trabalho de parto.

Aceno e continuo:

– E a pressão sanguínea de Kate? Algum sinal de pré-eclâmpsia?

Conhecimento é poder. Quanto mais você sabe, mais controle você terá em alguma situação. Pelo menos é isso o que estive dizendo para mim mesmo durante os últimos oito meses.

– Não, como te disse ontem, e antes de ontem, ao telefone, a pressão da Kate está perfeita. Esteve regular durante toda a gestação.

Esfrego meu queixo e aceno.

– Você já fez o parto de uma criança com distocia de ombro? Porque você sabe que só saberá quando o bebê já estiver...

– Drew. Pensei que tivéssemos concordado que você ia parar de assistir às reprises de *Plantão médico*.

O *Plantão médico* devia vir com uma marca de aviso. É perturbador. Se você é um hipocondríaco moderado ou uma pessoa prestes a se tornar um pai ou uma mãe, pode apostar que não vai conseguir dormir algumas noites depois de assistir apenas a um episódio.

– Eu sei, mas...

Roberta levanta a mão.

– Olha, eu entendo como você se sente...

– Entende? – pergunto bruscamente – Já pegou sua vida toda e colocou nas mãos de outra pessoa e pediu para ela cuidar dela para você? Para te trazer de volta sem problema algum? Pois é isso que estou fazendo aqui – coloco uma mão no cabelo e desvio o olhar. Ao falar novamente, minha voz sai abalada. – Kate e este bebê... caso qualquer coisa aconteça...

Não consigo nem terminar o pensamento, imaginar a frase.

Ela coloca a mão no meu ombro.

– Drew, você tem que confiar em mim. Sei que é difícil, mas tente e concentre-se nas coisas positivas. A Kate é jovem e saudável, temos todos os motivos para acreditar que este parto progredirá sem quaisquer complicações.

Concordo com a cabeça. E a parte lógica do meu cérebro sabe que ela está certa.

– Vá ficar com Kate. Tente curtir o momento que te resta. Depois de hoje à noite, não será mais somente os dois, não durante um bom tempo.

Me forço a concordar de novo.

– Ok. Obrigado.

Viro e volto ao quarto. Paro na porta.

Consegue vê-la?

Cheia de travesseiros ao seu redor, acomodada embaixo do edredom que insistiu em trazer de casa. Ela parece tão pequena. Parece quase como uma menininha se escondendo na cama dos pais durante uma tempestade.

Preciso dizer aquelas palavras, para garantir que ela saiba.

– Eu te amo, Kate. Tudo o que é bom na minha vida, tudo o que realmente importa, só existe por sua causa. Se não tivéssemos nos conhecido? Eu estaria totalmente acabado, e provavelmente muito ignorante para perceber.

Ela olha para mim, completamente impassível.

– Estou tendo um filho, Drew, não estou morrendo – seus olhos se abrem mais. – Caramba, não estou morrendo, né?

Isso é o bastante para me tirar de meu pânico.

– Não, Kate. Você não está morrendo.

Ela acena.

– Tudo bem, então. Só para constar, eu também te amo. Adoro o fato de você estar financiando o futuro da Mackenzie porque não consegue parar de falar palavrões. Adoro o jeito que você provoca sua irmã sem piedade, mas que mataria quem a machucasse. Mas acima de tudo... eu amo como você me ama. Sinto isso a toda hora... todos os dias.

Ando até ela e acaricio sua bochecha. Em seguida, me abaixo e beijo seus lábios suavemente.

Ela pega minha mão e dá um apertão. Em seguida, seu maxilar se contrai com determinação.

– Agora, vamos fazer isso.

Acabei me preocupando muito por nada. Pois às 09h57 desta manhã, Kate deu à luz a um bebê cheio de energia. E eu estive ao seu lado durante o tempo todo. Compartilhando sua dor.

Literalmente.

Tenho quase certeza de que ela quebrou minha mão.

Mas quem se importa? Alguns ossos quebrados não significam tanta coisa, pelo menos não quando você está segurando um milagre de uns três quilos e 255 gramas.

E é exatamente o que estou fazendo.

Sei que todo pai acha que seu filho é adorável, mas vamos ser sinceros, ele é um garoto lindo, não acha? Sua cabeça tem um pedaço de cabelo preto. Suas mãos, seu nariz, seus lábios – olhar para essas coisas é como se olhar em um espelho. Mas seus olhos, eles são iguais aos da Kate.

Ele é belo. A perfeição em pessoa.

É claro que ele não nasceu assim. Algumas horas atrás, ele era bem semelhante a um galo sem penas gritando.

Mas ele era o *meu* galo sem penas gritando, então ainda assim ele era a coisa mais linda que já vi.

É irreal. A adoração. É uma devoção tão poderosa que quase dói ao olhá-lo. Tipo assim, eu amo a Kate, mais do que minha própria vida. Mas isso demorou. Eu me apaixonei por ela *gradualmente*.

Isso... foi instantâneo. Assim que meus olhos o viram, tive certeza de que me jogaria de uma ponte para salvá-lo. Meio louco, né? Não vejo a hora de poder ensiná-lo algumas coisas. Mostrar para ele... tudo. Como trocar um pneu, como conquistar uma garota, como jogar beisebol e como se defender. Não necessariamente nesta ordem.

Eu costumava zoar daqueles caras no parque. Os pais, com seus carrinhos e sorrisos de patetas e bolsas de homens.

Mas agora... eu entendo.

A voz de Kate me faz parar de admirar o bebê.

– Ei.

Ela parece exausta. Não a culpo.

– Como está se sentindo?

Ela sorri, sonolenta.

– Bem... imagina como é urinar uma melancia.

Me encolho.

– Ai.

– É.

Seus olhos vão direto para o pacotinho enrolando em um cobertor azul bebê nos meus braços.

– Como está o pequenininho?

– Está bem. Estamos apenas passando um tempo juntos. Falando porcaria. Estou contando sobre as coisas mais importantes na vida, como garotas e carros e... garotas.

– Ah é?

– Sim.

Olho para nosso filho. E minha voz fica com um tom de admiração.

– Você fez um ótimo trabalho, Kate. Ele tem seus olhos. Eu amo seus olhos, já te disse isso? Eles foram a primeira coisa que notei em você.

Ela inclina uma sobrancelha.

– Pensei que minha bunda tivesse sido a primeira coisa que você notou.

Ao lembrar, rio.

– Ah é, é verdade. Mas depois você se virou e... me surpreendeu.

O bebê solta um chiado meigo, conseguindo nossa atenção.

– Acho que ele tá com fome.

Kate acena e passo ele para ela. Ela desamarra a parte de cima do seu pijama, expondo um seio maduro, suculento. Ela traz o bebê para mais perto e ele agarra seu mamilo – como se fosse experiente.

Esperou algo diferente? Esse é meu filho, afinal de contas.

Eu os observo durante um tempo. Acabo tendo que arrumar o pau duro que resolveu brotar na minha calça.

Que doente. É, eu sei.

Kate me dá um sorriso malicioso e olha em direção ao meu testículo.

– Está com algum problema aí embaixo, sr. Evans?

Encolho os ombros.

– Não. Nenhum problema. Só não vejo a hora da minha vez.

Olha, tem dois tipos de mulher neste mundo: aquela que acha que se não pode fazer nada abaixo da cintura durante seis semanas após ter dado à luz, o companheiro também não pode. Mas tem também o segundo grupo. Aquela que não vê a hora de se masturbar, de fazer sexo oral, entre outras coisas – porque ela sabe que o favor será retribuído quando a proibição terminar.

Kate, com certeza, fica no segundo grupo. Sei disso e parece que meu pau também.

– Depois do massacre que acabou de ver na sala de parto? Pensei que você nunca mais iria querer fazer sexo comigo novamente.

Fico boquiaberto. Espantado.

– Está me zoando? Achava sua boceta magnífica antes, mas agora que vi do que ela é realmente capaz de fazer? Ela atingiu um nível de super-herói nos meus registros. Na verdade, acho que devíamos chamá-la disso – levanto as mãos, prevendo um *outdoor* enorme. – Xoxota Maravilha.

Ela mexe a cabeça e sorri para o bebê.

– Falando sobre dar nome às coisas... temos que pensar em um para ele, não acha?

Kate e eu decidimos esperar pelo jogo de nomes até que o bebê tivesse nascido para garantir que caísse bem nele. Nomes são superimportantes. São a primeira impressão que o mundo tem de você. É por isso que nunca vou entender a razão de as pessoas xingarem seus filhos com nomes como Edmundo ou Alberto ou Orvalho.

Por que então não ferra tudo e chama a criança de Imbecil?

Me inclino na cadeira.

– Tudo bem, pode começar.

Seus olhos analisam o rosto da criança.

– Connor.

Mexo a cabeça.

– Connor não pode ser o primeiro nome.

– Claro que pode.

– Não, é um sobrenome.

Com minha melhor voz de Exterminador, digo:

– Sarah Connor.

Kate vira os olhos e diz:

– Sempre gostei do nome Dalton.

– Nem vou te dar o prazer da minha resposta.

– Tudo bem. Colin.

Zombo.

– De jeito nenhum. Parece muito com "cólon". Vão chamá-lo de idiota assim que ele colocar os pés no parquinho.

Kate me olha, sem acreditar.

– Tem certeza que você estudou em uma escola católica? Parece que você cresceu em um reformatório.

A vida é uma grande escola. Lembre-se disso.

Mentalidade de matilha de lobos. Você precisa aprender a não ser o elo mais fraco. São eles quem são comidos. Vivos.

– Já que você não aprova minhas escolhas, o que sugere? – pergunta ela.

Olho para o rosto de nosso filho, que está dormindo. Seus pequenos lábios perfeitos, seus longos cílios escuros.

– Michael.

– Ah claro. Na terceira série, Michael Rollins vomitou em meus sapatos. Toda vez que escuto este nome, penso em cachorros quentes vomitados.

É justo. Tento novamente.

– James. Não Jim ou Jimmy e, com certeza, não Jamie. Apenas James.

Kate levanta as sobrancelhas e testa:

– James. James. Gostei.

– Sério?

Ela olha novamente para o bebê.

– Sim, será James.

Coloco a mão no bolso de trás e tiro um pedaço de papel dobrado:

– Fantástico. Agora o sobrenome.

Ela está confusa.

– O sobrenome?

Tínhamos conversado sobre utilizar Brooks como o nome do meio. Mas vamos ser honestos, as únicas pessoas que têm nomes do meio são assassinos em série e pais muito putos. Então, pensei em algo muito melhor.

Coloco o papel aberto no colo de Kate.

Dê uma olhada.

BROOKS-EVANS

Ela olha para cima, com os olhos bem abertos e surpresos.

– Você quer hifenizar o nome dele?

Sou um cara meio antiquado. Acho que as mulheres deveriam colocar os sobrenomes de seus maridos. Sim, isso vem da suposição de que uma mulher é uma propriedade. E não, não concordo com isso. Futuramente, se algum besta vier e falar que ele é *dono* da minha sobrinha, vou lhe comprar uma pá.

Para que ele possa cavar sua própria cova antes de eu colocá-lo lá.

Mas tecnicamente falando, Kate é a última dos Brooks. Pessoas com o mesmo nome não significam mais nada, mas estou quase certo de que significa algo para ela.

– Bom... ele é nosso. E você fez quase todo o trabalho. Você devia receber uma parte dos créditos.

Seus olhos suavizam, ao me lembrar:

– Você odeia dividir, Drew.

Coloco um fio de cabelo atrás de sua orelha:

– Por você, estou disposto a fazer esta exceção.

Além disso, estou contando com o fato de que um dia, em breve, o sobrenome da Kate será igual ao de nosso filho.

É claro que a Kate merece o melhor pedido de casamento do mundo, mas o melhor demora um tempo.

Para planejar.

Está sendo trabalhado neste momento. Estou fazendo aulas de como dirigir um balão nas tardes de sábado, enquanto ela pensa que estou jogando bola com os meninos. Porque vou levá-la para dar uma volta de balão até o Vale do Hudson. Ao pousarmos, haverá um piquenique elegante nos esperando. E é lá que farei a pergunta.

Desse modo, caso a Kate recuse meu pedido, ela estará numa área completamente isolada aonde poderei convencê-la do contrário.

Sou um gênio, né?

Uma limusine nos esperará lá perto, mas não muito próxima, e depois vai nos levar de volta para casa, assim podemos ficar sentados e relaxando no caminho. E, claro, para que possamos transar dentro dela. Você nunca devia perder a oportunidade de transar dentro de uma, pois é sempre divertido.

Os olhos de Kate estão brilhando, cheios de lágrimas. Lágrimas de felicidade.

– Eu amei. James Brooks-Evans. É perfeito. Obrigada.

Me inclino e beijo a testa de nosso filho. Depois, beijo os lábios de sua mãe.

– Você entendeu tudo errado, amor. Eu que deveria estar te agradecendo.

Ela olha para James, com carinho. E, com aquela voz que poderia deixar um anjo verde de inveja, ela começa a cantar.

There's a song that they sing when they take to the highway
A song that they sing when they take to the sea
A song that they sing of their home in the sky
Maybe you can believe it if it helps you to sleep
But singing works just fine for me
So good night you moonlight ladies
Rock-a-bye sweet baby James
Deep greens and blues are the colors I choose
Won't you let me go down in my dreams
And rock-a-bye sweet baby James

Um homem só pode chorar em alguns momentos de sua vida, sem parecer um completo jumento.

Esta é uma dessas vezes.

Quando Kate termina, limpo a garganta. E esfrego meus olhos molhados. Me abaixo na cama ao seu lado.

Sei que deve ser contra as regras do hospital, mas, concordo, alguns daqueles enfermeiros parecem intimidadores pra cacete.

Mas fala sério, são *enfermeiros.*

Kate vira para mim, para que James se deite entre nós. Meu braço encosta nele, minha mão está no quadril dela, envolvendo os dois.

Os olhos de Kate estão suavemente tranquilos:

– Drew?

– Humm?

– Você acha que ficaremos assim para sempre?

Abro um sorrisinho para ela:

– Com certeza não.

Toco seu rosto, aquele que planejo olhar todas manhãs e noites, até que a morte nos separe.

– Vamos melhorar cada vez mais.

Pronto, você ficou sabendo de tudo.

O que acha deste final feliz, hein? Ou começo... acho... depende de como você enxerga.

Bom, de qualquer modo, passou da hora de eu começar a declamar algumas palavras de minha sabedoria.

Conselhos.

Devido aos acontecimentos do ano passado, ficou cada vez mais claro que não entendo porra nenhuma. Acho que você não devia levar em consideração nada do que falo.

Você ainda quer que eu tente?

Beleza. Mas não diga que não te avisei.

Aí vai:

Número um: as pessoas não mudam. Não existe mágica. Nenhuma porcaria de feitiço.

O que você está vendo, é o que terá. É claro que alguns hábitos podem se ajustar. Podem ser controlados. Como minha tendência a fazer julgamentos errôneos. Só de pensar em assumir que sei tudo, sem verificar com a Kate antes, agora me deixa enojado.

Mas as outras características, elas continuam.

Ser possessivo, Kate ser teimosa, nossa competição coletiva – isso faz tanto parte de quem nós somos que não pode ser totalmente erradicado.

É como... celulite. Vocês, damas, podem passar o dia todo no spa, cobertas em lama e em algas marinhas. Podem gastar milhões com aqueles cremes e esfoliantes ridículos. Mas, no final do dia, aquela pele com dobrinhas e toda enrugada continuará lá.

Me desculpe ser a pessoa a jogar isso na sua cara, mas é um fato. Mas se você ama alguém, se *realmente* amar, vai aceitá-la com ela é. Não tentará mudá-la.

Você vai querer o pacote completo – bunda de queijo cottage e tudo mais.

Número dois: a vida não é perfeita. Ou previsível. Não espere que seja.

Em um minuto, você está nadando na praia. A água está calma e tranquila, você está relaxada. Aí depois, de repente, uma ressaca te pega.

O que conta é como você age em seguida. Você dá tudo o que pode? Bate na superfície, mesmo que seus braços e pernas estejam doendo? Ou você desiste e deixa se afogar?

O modo como você reage às viradas e mudanças faz toda a diferença.

Então, número três: o que importa é, se você conseguir passar pelos momentos difíceis, inesperados, vale a pena ver aquela luz no fim do túnel depois de tudo o que enfrentou pra chegar até ela.

Isso é algo de que nunca me esquecerei. Me lembro disso toda vez em que olho para a Kate. Toda vez em que olho para nosso filho.

Quando tudo já foi dito e feito? O resultado vale muito a pena.

Conheça mais títulos de nosso catálogo...

Uma estagiária ambiciosa. Um executivo perfeccionista. E um relacionamento ardente e totalmente perigoso!

Esperta, dedicada, prestes a cursar um MBA, Chloe Mills tem apenas um único problema: seu chefe, Bennett Ryan. Ele é exigente, insensível, sem consideração – e completamente irresistível. Um belo cretino. Bennett acaba de retornar da França para assumir um cargo importante na empresa de comunicações de sua família. Mas o que ele não poderia imaginar era que a pessoa que o ajudava enquanto ele estava no exterior era essa criatura linda, provocadora e totalmente irritante que agora ele tem de ver todos os dias. Ele nunca foi do tipo que se envolve em relacionamentos no ambiente de trabalho, mas Chloe é tão tentadora que ele está disposto a flexibilizar essa regra – ou quebrá-la de uma vez – para tê-la. Por todo o escritório! Mas o desejo que um sente pelo outro cresce tanto que Bennett e Chloe terão de decidir o que estão dispostos a perder para ganhar um ao outro.

Um charmoso playboy britânico. Uma garota determinada a finalmente viver. E uma ligação secreta revelada em cores quentes...

Após ser traída, Sara Dillon se muda para Nova York em busca de agitação e paixão sem compromisso. É assim que ela encontra um sexy e irresistível britânico dançando em uma boate que não deveria significar nada além de uma noite de diversão. Mas a maneira – e a velocidade – com a qual ele acaba com suas inibições está prestes a transformar essa relação em algo arrebatador.

A cidade inteira sabe que Max Stella ama as mulheres. Isso não significa que ele tenha encontrado uma que realmente desejasse manter por perto. Apesar de atrair muito com seu charme de *bad boy* da Wall Street, é só quando Sara aparece em sua vida que ele começa a se perguntar se existe alguém para estabelecer uma relação fora do quarto.

Encontrando-se em lugares onde qualquer um pode vê-los, o que assusta Sara mais do que ser pega em público é ter Max muito próximo...

Uma forte atração. Nenhum tempo para ficarem sozinhos. E uma misteriosa disputa entre quatro paredes...

O intenso relacionamento entre Chloe Mills e Bennett Ryan de *Cretino Irresistível* continua ainda mais ardente e sensual.

Agora que a carreira de Chloe está decolando, ela não tem tempo para mais nada e insiste em recusar as investidas de Bennett para passarem um tempo a sós. Ele nunca foi do tipo que aceita um não como resposta e essa disputa resulta em uma ardente relação de amor e obsessão.

O que acontece em Las Vegas... fica em Las Vegas!!!

Quando os amigos de Bennett finalmente o arrastam para sua despedida de solteiro, sua primeira parada não acontece exatamente como esperado. Seus planos para um fim de semana apenas com os caras desmoronam completamente quando Bennett e Max fazem de tudo para se encontrarem secretamente com as mulheres que amam. Mas quando o solteirão Will Sumner começa a desconfiar, os dois percebem que terão que unir forças se quiserem mais algumas escapadinhas sexys em Las Vegas.

Chloe Mills e Bennett Ryan estão de volta para uma última aventura antes do casamento – mas talvez eles não queiram nunca mais ir embora!

"O sex-seller *Cretino Irresistível* é ainda mais quente que *50 tons*."
ELLE Magazine francesa

Uma linda nerd. Um incorrigível Don Juan. E uma aula de química só para maiores...

Quando Hanna Bergstrom escutou de seu irmão que ela precisava ter uma vida social e se libertar um pouco da faculdade, ela jurou que iria cumprir essa tarefa: sair mais, fazer amigos, começar a namorar. E quem melhor para transformá-la na garota dos sonhos de todo homem do que o lindo melhor amigo de seu irmão, o investidor e playboy assumido Will Sumner?

Will ganha a vida assumindo riscos, mas a princípio ele não bota fé na transformação daquela garota desajeitada... até que numa noite selvagem, sua inocente pupila o seduz e acaba ensinando uma lição sobre o que é ficar com uma garota ardente e... inesquecível. Agora que Hanna descobriu o poder de seu próprio *sex appeal*, resta a Will provar que ele é o único homem que ela precisa.

Uma noiva irresistível. Um noivo apaixonante. E um tórrido romance de escritório que se transformou em amor verdadeiro.

Chloe Mills e Bennett Ryan mal podem esperar pelos sinos matrimoniais. Chloe, exasperada e estressada por todos os arranjos de última hora, está prestes a dizer "sim" para uma fuga até Las Vegas. Por sua vez, Bennett teve a brilhante ideia de evitar sexo antes do casamento, regra que apenas piorou o mau humor dos dois. Quando seus familiares malucos chegam para o grande dia, os fogosos amantes irão descobrir se um casal que discute tanto pode continuar junto tempo o bastante para trocarem alianças – e não apenas provocações.

Chloe e Bennett, o casal favorito das fãs, passaram por muita coisa juntos desde aquela noite ardente na sala de conferência em Cretino Irresistível – agora, junte-se a eles para o casamento do século.

"O sex-seller *Cretino Irresistível* é ainda mais quente que *50 tons.*"
ELLE Magazine francesa

Este livro foi composto nas fontes Adobe Garamond Pro, Mathilde, Gill Sans Std, Jenna Sue
e impresso em papel *Norbrite* 66,6 g/m² na Assahi.